無處不風華

鍾吉雄 著

文訊 Wenhsun 雜誌社

—序—

屏大校園最美麗的風景

隨著新冠疫情逐步解封，社區民眾也慢慢恢復在屏東大學校園散步的情景，而其中最讓我注目的就是吉雄老師與守濤老師這一對相互扶持的身影。

能認識這對神仙伴侶實為「不打不相識」，數年前我甫自高雄師範大學借調回屏東大學擔任總務長，校園環境的維護與改善為當時重點任務之一，殊不知這對老教授就是當年屏東師院擴大校區時重要的校園規劃推手，給了我相當多的具體建議，迄今仍天天幫學校守護著每個角落，就像是土地公與土地婆一般。

屏師四六級在木瓜園授業，鍾吉雄教授將人生最精采的階段全然奉獻給母校，於教育界付出超過四十載，作育英才無數。近年來，他將人生的體驗與感受著述彙集成書，從同學的友情、求學與就業經歷、家人親情互動到旅遊紀錄，以平實的文字、雋永的意涵，字字珠璣真誠呈現，著實令人動容。細讀本書三十六篇文章後，充分感受到出身於內埔六堆客家的吉雄老師，一生精采經歷流露出屬於客家子弟認真、善良與勤儉的硬頸精神。

「執子之手，與子偕老」，吉雄老師與守濤老師鶼鰈情深的身影，永遠是屏東大學校園最美麗的風景。

國立屏東大學校長　陳永森

於屏東木瓜園

—自序—

人生長路・點滴心頭

記得一〇六年，七十九歲時，出版《槐廬散記》一書，並於是年三月二十九日主辦屏東師範（今屏東大學）四六級畢業六十周年同學會時贈送同學，作為見面禮。當時不認為還會有畢業七十周年、八十周年同學會，因為到時同學們已經是高齡九十、一百，真正變成「老同學」了。就算命長還活著，恐怕未必命好，也許只是「半活」，行動不便或臥床不動。所以認定這是此生最後一次同學會，也可能是這輩子最後一次出書。因為八旬高齡夠老了，老眼昏花，手腳不靈，活著不過是拖日子而已，只是在苟延殘喘，悲涼無奈罷了！但求能平安平靜，得過且過，過一天算一天就好，不想耗神費事，寫啥撈什子，更別說出書了。

可是我，人是老了，腦子似乎退化得慢，沒有痴呆，還有心情，常睹物思情，也愛胡思亂想；有喜怒哀樂，有七情六欲；能辨是非，尚知憂樂，還懂愛恨。面對讓人反胃噁心的事，不會視若無睹；聽到離經叛道的言論，無法無動於衷；看到荒腔走板的施政，很難心如止水。於是按捺不住，又敲鍵盤了，不吐不快啊！

多絞腦汁，常敲鍵盤，發現肢體老化並不可怕，只要腦髓沒轉化成澱粉、漿糊，便能思考、想像、回味，甚至可評頭、論足、談心，快意揮灑，讓人活得深刻、豐富、精采。

事實是，一〇六年開完同學會以後，不多久就陸續發生了許多事情，震撼心緒，教人魂牽夢縈，無邊無際的感傷，想無言也難啊！

譬如知心交，莫逆友，情義相挺的老友接連奔赴天國；血濃於水，同甘共苦的家兄、舍弟相繼長逝人間，當然哀傷逾恆，殊難平靜！

稍後漫遊空曠得雄渾無比的呼倫貝爾草原；遊觀苦寒得耀眼亮麗的西伯利亞；覽賞深邃迷人，風情萬千的貝加爾湖。這些位於接近地球盡頭，僻遠、荒涼，景觀獨特的極地異域，是生平首遊，也許是此生最後一次出國旅遊，更是教人刻骨銘心，迄今難忘。

曾經陰差陽錯，意外地回到六十多年前，當年（民四十六）從屏師畢業即被「流放」到必須跋涉八小時的霧台（國小），再遙望綿綿青山中還要徒步兩小時的大武（分校）。那一年甫畢業，人生首次就職，便在雲深不知處的深山部落裡來回跑，像苦力，似行僧一般，過著難捱又難忘的日子。

若將今日現實與昔日往事，聯綴起來超過半個世紀，算是走過千山萬水，譬如人生長路，既漫長又遙遠，一路走來踉蹌不已，點滴心頭，能無感嗎？於是和盤托出，抒發出來吧！

一〇八年底爆發新冠肺炎，肆虐迄今，沒完沒了，攪亂了生活常態，不能在鬱鬱翠樹、萋萋芳草的母校屏東大學校園晨運、散步，無奈改為早晚漫步於屏東大學民生校區、屏師校區及屏東水廠周遭。這附近有演藝廳、鐵爐寺、善導寺、福德祠、福德宮、圓音精舍等。有的廟小香火卻盛，有的雄偉但香客稀，甚至有的重門深鎖不見人影。寺廟大小、盛衰，竟活生生反映在人間，神仙、凡人遭遇竟然都一般？

源於長治的殺蛇溪蜿蜒到屏大北側，由東朝西再折向南流淌。有時溪水悠悠，鳥飛魚游，優雅清淨，像溼地公園，美不勝收；有時濁流滾滾，湍急奔騰，神似「怒」江，雖名叫溪，溪者細也，可是脾氣卻大，變臉如翻書，又急又快。有時溪水清澈得幽黑，像「黑」龍江；有時濁得土黃像「黃」河，就是不甘自居小溪。殺蛇溪的性情跟它的名字一樣，有點古怪，卻予我許多省思。

屏東水廠圍裡牆外，景觀殊異，讓人遐想無限。有人好心，餵貓餵鳥餵野狗，或坐輪椅，或騎單車，每天定點定量定時餵食。餵食的婦人甚至知道哪隻貓牙痛，無法享用她的愛心，令她不捨；也知道哪條狗腳痛，心情不好，教她心疼。如不是真心關懷，怎能觀察入微？婦人之仁，不也可貴？

誰料到屏大、水廠外圍周遭，平凡得不能再平凡的風景，卻風情別具。環境尋常，感觸卻深刻，於是撰出〈無處不風華〉。

七十一年春，生我、養我，茹苦含辛，畢生勞碌的母親，過世了；同年冬，教育我，影響我一生至深、至鉅的母校屏東師範學校張效良校長，辭世了。今年一一一年，賜給我生命的至親，豐潤我人生的大師，恰好都逝世四十周年，撫今思昔，不能無感，於是娓娓細訴〈少小印象〉，侃侃暢談〈老校長的故事〉，算是追思悼念吧！

其實，邁入八十高齡以後，就變得多愁善感，動輒異想天開。偶然看到一幅溫馨畫面，驚喜鏡頭，或意外聽見一句奇言妙語，往往教我盡情回味，反復思索，乃至漫天聯想。那怕一縷輕煙，可以想像千古；就是一抹彩虹，也能遨遊萬空。什麼前塵往事，新愁舊怨，紛至沓來，吹皺一池春水，攪翻滿頭腦海，久久不能自已，好似心有千千結，如鯁在喉，不吐不快。

就這樣，因情應景，隨機抒發，竟也胡謅出近四十篇即興拙作。全是對心情、思緒交代的「贖金」，既非道德說教，也無關經國大業；對不相涉的人看來，或許是無病呻吟，干卿底事？但對我來說，我寫我思故我在！我說了想說的，想寫啥便寫啥，無負我心，不欠我情，「贖金」付了，「無債」一身輕！

本文集或記生活瑣事，或憶故園風情，或道濃情厚誼，或評時論事；談掌故，論人心，講故事，說新愁。看似拉拉雜雜，瑣瑣碎碎，彼此無關，其實與書中〈無處不風華〉一文意涵神似。姑以篇名為書名！是為序。

鍾吉雄　於屏東槐廬

一一一年十二月

目次

附錄

《槐廬散記》自述

我是一本書，薄薄一冊散文集，約十萬言。誕生於一〇六年三月吉日。生下我的是國立屏東師院（今屏東大學）語文教育系（今中國語文系）鍾吉雄教授。他「懷孕」了十年，才生下我，時年七十九歲，算是高齡「產夫」啦！他就是我的主人。

我的誕生是因為主人籌辦四六級屏師人畢業六十周年同學會，作為贈送同學的見面禮。也有藉此將自己的人生歷程，工作經驗，生活感想，處事心得，作一番抒發與交代。當然也有交流、切磋的意思。不但對同學、朋友，也給兒女、晚輩參考，反正是發好意，存好心啦！我的誕生應該是深具意義的。

除了序文外，一共有四十三篇散文，都是他老人家自國立屏東師範學院退休以後所寫的。序文是我的靈魂、腦袋。先看序文，再逐篇閱讀，便不致誤解，甚至可體諒、理解他老人家為什麼這樣寫。

文集裡有相當多的篇幅寫家人的故事，譬如：母親、父親、妻子、妹子、兒子，這些是生他、養他、愛他的人；不然便是他所生、所養、所愛的人。全是他印象最深刻，感念最深遠，也是他人生中最重要、最親愛的人。為了真實，一些不堪的細節，毫無顧忌的秉筆直書，連我都覺得情何以堪，甚至羞以見人。但他老人家就這麼寫啦！主人認為這是人生的檢討，人性的反省，是殷鑑，也是借鏡；是教材，也是教育。他自認立意善良，問心無愧，認為應該寫。

此外〈她變了〉、〈芳華的鬱卒〉、〈水火夫妻〉、〈與高材生書——我沒有不愛你〉等篇，寫的是親戚、朋友、學生的故事，是另一層的「不堪」與「不忍」，一樣教人不忍卒讀，主人仍舊秉筆直書，毫不隱諱。

因為我的誕生，於是主人的老婆向人宣告：「我家沒有祕密了！」

〈蹭蹬升學路〉以下六篇，分別看當然是一篇篇，獨立完整的故事，可以單獨欣賞，連著看便是主人的一生自傳。從頭到尾，寫他讀書、升學、求職、就業、工作、服務，一路坎坷曲折的過程，刻骨銘心的經歷，其實也是很「不堪」與「難堪」啦。或許主人想表達一種可貴的心得：貧窮未必是壞事，忍讓可能是好事。主人並不奢望人人如此豁達，看開、想通，但他要告訴讀者的是：人到山窮水盡時，一定要學會退一步，

因為跟著可能海闊天空，苦盡甘來；最少要懂得轉個彎，因為接著或許柳暗花明，夜盡天明。他也認為：人生不一定要銳利、強硬得像鋼刀、鐵錘般的無堅不摧。倒不如學習澄澈清水的柔軟婉轉，既能隨形變化，適應千態萬狀的地形器皿；也能滴水穿石，軟功硬夫兼備。因為人生不可能一直步向康莊大道，也未必一路順風行舟。能屈能伸，順應自然，總比直挺挺、硬繃繃更能適應萬千空間吧！

主人雅愛旅遊，飛越千山萬水，遊觀五湖四海，除南極、北極，北歐、南美，幾乎遊遍了地球。行萬里路，讀萬卷書，每遊歷一處，便留下心得感想，既是紀錄，也是紀念，更是反省、檢討。因為旅遊就是觀察自然，了解人文，開闊見聞，豁達氣度。漫長的人生，其實面對的僅僅兩件事：學習與成長，旅行就是戶外學習。

寫多了，於是裒集成冊，名叫《風華大地》，主人擷取其中印象最美好，感受最深刻，意境最難忘的五篇，外加一篇類似前言或結語的〈錦繡大地任遨遊〉，算是人生另類教材吧！

文集中有三封信，四篇序文。「書信」的對象是兒子、學生及同學，因關懷、惦念，掏心掏肺，抒衷情，談道理，又出乎主動撰寫，真誠懇摯，不難生動啦！「序文」則是由於受託，出於被動，有點無奈，要精采不大容易。但他老人家以勾勒人物特質，彩繪主角丰采，將作者刻畫得栩栩若活，用以烘襯作品的精采。他老人家用了心、盡了力！抱著琵琶半遮面，向託付者交差，也勉強跟讀者見面了。

最後幾篇，從〈人生是做出來的〉到〈合理與合適〉五篇，其實是由一篇長達萬言，文題為〈人生的課程〉一文，裂解而成。該文原是應前國立屏東師院何福田校長（後任國家教育研究院院長）之請，為其恩師美國印第安那大學教育大師邱連煌教授祝賀八秩壽慶而撰（一〇四年八月，文景書局出版）。這五篇自成單元，可單獨看，也可連著讀。加上其他篇章如〈庭園的啟示〉、〈為什麼我「梅喆」〉等十篇，其實就是主人的人生檢討與心得。

耄耋人生，起起落落；漫漫歲月，得得失失。字裡行間，帶笑含淚，淋漓酣暢，或發議論，或抒衷情，或敘故事，是他老人家最真實的生活經歷，最可貴的人生心得，最誠實的生命感言吧！

我出生時，由於接生婆的疏忽，讓我有點肢殘，既無書名頁，也缺扉頁，總覺精緻不足，單薄有餘，不過那是外在形貌略有缺陷而已，並不影響我的內涵風格。我不麗質天生，也不風流倜儻，但心誠意正，情真意切。歡迎有緣者，相見歡！

原刊《六堆雜誌》第一八八期（一〇七年八月）

老校長的故事

老校長的故事，其實就是愛的故事，
老校長的愛，卻五彩繽紛。

韶光易逝，如梭似箭，像一瞬間，一晃四十年，老校長竟逝世四十周年了。所謂「老校長」是指前省立屏東師範學校（今屏東大學）首任校長，張效良先生。稱呼「老」是因為首任，也因為任期最久，久到超過四分之一世紀，達二十六年。不過更重要的是，「老」含有尊敬的意思，譬如經典語：「老吾老以及人之老」，再如「尊老敬賢」。是的，張校長是屏師人最敬愛、最難忘的人，竟也「老」在屏師人腦中縈迴想念。

省立屏東師範本來是台南師範分校，於民國三十五年獨立，成為位於台灣最南端的師範學校。五十四年升格為屏東師專，七十六年再升格為屏東師院，九十四年改制為屏東教育大學，一〇三年與屏東商業技術學院合併為國立屏東大學。屏師從獨立創校迄今升格為屏大已七十六年。

屏師從創校之初的荒蕪到今日的亮麗，使原本一片雜草叢生，瓦礫遍地的校園，開闢為芬芳撲鼻，滿園翠綠，校譽卓著，每年吸引著成千上萬的學生（按：師範、師專時期，招生報名人數逐年增加，七十二學年度竟達九一二四人，創紀錄，且為各師專之冠，僅錄取二二〇人。）前來美麗的校園接受木瓜園（按：升格為屏大之前，屏師以木瓜葉為校徽，師生以木瓜園暱稱屏師校園。）的洗禮、淬煉、薰陶。屏師時期是全台灣最吸引學子的師範院校，現在屏大時代已是南台灣耀眼的綜合大學，這全是歷任校長苦心經營的成果展現。

今日屏東大學，從師範、師專時期開始迄今，首任張校長外，第二任校長陳漢強先生，第三任段茂廷先生，第四任王家通博士，第五任何福田博士，第六任林顯輝博士，第七任劉慶中博士，第八任李賢哲博士，任期最多十年，少則一年。一〇三年升格為屏東大學後，第一、二任古源光校長於今（民一一一）年退休，任期八年。第三任陳永森校長於今年八月上任。開校迄今，歷經十位校長。

各位校長領導風格或有不同，任期也長短不一，唯獨首任張校長任職自民國三十五年起，迄六十一年退休，長達二十六年。首倡允文允武，手腦並用，別開生面，實在實用的三動教育，建立獨特的校園文化，培養千萬良師。後任校長據此賡續闡揚四教，五育，六愛教育，為今日屏東大學奠定堅若磐石的基礎。

老校長，厚置根基，苦心經營，績效卓著。花繁葉茂源於根深柢固；地基紮實，簧樓始能巍峨宏偉啊！

老校長愛心熾熱，才華橫逸。在校時，早已贏得學生肅然起敬；辭世後，又令校友無盡懷念。不管生前或身後，永遠讓學生感念欽慕。老校長是屏師之父，屏師完人，更是師範教育的領航者。

不過老校長對屏師的貢獻良多、建樹不凡、聲譽卓絕，學子感念，任期長並非主因。以我在屏師就學時所知，及在屏師服務時所見，耳濡目染，親炙受教，體認老校長的智慧、堅毅、正直，及特殊的才華、滿腔的熱忱、罕見的苦心孤詣，才是屏師茁壯傲人，學生衷心感佩，甚至辭世後仍被校友念念不忘的主因。

說說幾個小故事，或許能心領神會，「木瓜園」所以傳奇豐收，風華萬千，就是因為有位不一樣的「園丁」啦！

老校長的幽默

如不是因為有濃烈的教育熱誠，何不像其他師範學校一樣，把一個滋事生非，頑劣不堪的學生，如法炮製轉學出去了事？這位學生家住宜蘭，考上師範學校，卻由台北師範轉學台南師範，而後頑劣依舊，再轉學到屏東師範。從北到南，全台灣走透透，像遊學一般。老校長特別召見，苦口婆心，懇切叮嚀：「屏師是台灣最南端的師範學校喔，如還想再轉學只能到巴士海峽了，該珍惜最後的機會啊！」

最後這位學生沒再轉學，只是留級了，晚了一年畢業。

這位「台灣留學生」，就是享譽全台的大作家——黃春明。

老校長的急智

某一次校友會，老校長致詞說：「像『老學究』某某，讀完大學，又繼續攻讀研究所，好學可嘉……」意在鼓勵同學們應學習某某精益求精，更上層樓，卻意外引起該生不滿。散會時該生向校長抗議，明白表示：希望校長不要叫他「老學究」。

老校長原是好意引他為例，以他為榜樣，鼓勵同學仿效，勿忘進修。不料竟意外傷害了學生，真是始料未及。隨即發揮急智迴護、尊重學生，馬上誠懇的說：「樂同學，你不要誤會，我們北方人（按：校長籍山西）習慣解釋『老』是總是、一貫是的意思；至於『學究』二字應解釋為究竟其學的意思，也就是好學深思，追根究柢的意思。所以『老學究』應解釋為：總是好學深思，一味追根究柢的意思。這是很具正面的意義，是好意，不是惡意啊！」誠懇的解釋，讓該生釋然，轉而由衷感激校長的抬舉厚愛。

這位「老學究」便是海洋大學樂炳南教授。

老校長的慈悲

民國四十年，一位成績優異的學生榮獲保送屏東師範，很快地獲得校長同意。但後來知道這位同學，患小兒痲痺症，不良於行，身體有點畸形。在一個特別重視體育，三動教育，培養師資的學校是不合適的，教師們反對該生入學。但校長已經核定了，認為是照章處理，沒有拒絕的理由。最後行文教育廳裁示。結果是，該生可以入學，但校長得記大過一次。

這位殘障學生三年後畢業了，不久成為譽滿全台，首倡、推動兒童詩教學，獲獎無數的優秀良師，他就是黃基博老師。

有一位陳姓學生，民國四十五年入學，他是流亡學生，孑然一身，飄零來台，舉目無親，無依無靠，境遇坎坷。滿懷慈悲的老校長，於近春節時刻，特意贈送一個蘋果，並給壓歲錢四十元，甚至叫家人幫忙縫補破衣。

這位陳同學畢業後在恆春依山傍海的偏僻地區服務，熱心推動音樂教育，獲獎無數。

老校長的惜才

為了鼓勵，造成風氣，老校長刻意為三八級何文杞校友畫家於民國四十年校慶日舉辦個人畫展。

四五級同學在學時，有四位同學具繪畫長才，特於畢業前，別開生面的舉辦「三張一陳」畫展，供同學切磋、效法。

這「一陳」便是今日版畫大師陳國展校友。

老校長的堅持

有位李姓校友於五十九年畢業後，因佩服、仰慕、感念，不斷的寫信給校長請益。

校長也不停的回信，一來一往，直到校長辭世。十二年間，這位校友總計收到六十六封校長的回信，而且一概用毛筆書寫。天啊！這是墨寶（老校長好書法）呢！

老校長就是這樣，不吝於付出，不管在校或畢業後，真正是一日為師，終身關懷。

老校長的公正

五十九年屏東師專的年度招生考試竟然放榜兩次。正取生名單不變，只是女生備取名單順序不同。有位考生首次榜單名列二十好幾外，第二次放榜改列第二。師專本來就是考生的最愛，尤其是女生，備取第二十幾名外，鐵定無緣遞補。改列第二後，順利變成屏東師專學生。

原來這位考生在複試時老師拿出試卷，要她寫幾個字，以便和試卷對照是否本人所寫，結果無誤。但這位考生眼尖，忽然發現數學試卷第一題應用題被打了一個叉叉，右邊畫個0。她納悶，自認答案正確，這一題就值十分啊！她回家後跟父親提起這件事。父母都希望女兒能就讀屏東師專，期待將來當小學老師。於是父親寫了一封信給校長，懇請複查數學試卷。校長迅速回信，承認閱卷老師失誤，也補回應有的十分。

老校長實事求是，尊重考生權益，明快果決，公正無私。結果造就一位難得的杏壇新銳。這位眼尖、聰明、勤奮的學生在六十四年畢業後，插班考上師大教育系二年級，畢業後回母校任助教。不久又考取公費留學英國，榮獲博士學位後再回來母校任教，曾任教務長、國際長、進修學院長，表現耀眼。

因為多看一眼，加上校長的公正而改變命運的同學，就是孫敏芝教授。

老校長的關懷

有一位四十四年畢業，五十六年回屏師服務的校友，在學時便是十項全能選手，全校聞名。回母校任體育教師，校長隨即賦以「重整屏師田徑隊雄風」大任。

在母校服務七年，每天早晨六時三十分到校主持早操活動，是全校第一個到校上班的。上完一天班，於晚餐後，又回到學校辦公室自修。二十二時三十分離校，是全校最後一個離開學校的同仁。

忙碌了七年，屏師田徑隊竟然就蟬聯七屆全國大專運動會總冠軍。任務達標了，可是前後兩次積勞成疾，罹患急性肝炎。老校長也前後兩回探病，不捨的勸勉：「任務已完成，工作別獨攬，健康最重要。」一再叮嚀：「勿太操勞，護肝戒酒。」

老校長的親切叮嚀，視病猶親，讓體壇硬漢，感激涕零，畢生謹記。老校長辭世後，撰文報告老校長：「校長囑咐後，我已戒酒半世紀，肝功能超正常。」一校長。

如今這位硬漢，八十六高齡了，精神奕奕，健壯如昔。他就是國立體育大學葉憲清校長。

老校長的周延

老校長的演講精采絕倫，講課逸趣橫生。不過內容豐富，包羅萬象，這才是精采、生動的主因。

原來校長勤於收集整理資料，於來台（民三十四）之前，還在大陸工作時期開始直到退休，一直持續剪報、整理資料的習慣，數十年如一日。除了剪、貼，偶爾會請夫人協助外，其餘收集、勾選、分門、別類、編序、整理、上架，全是自己動手。老校長無所不知，無所不曉，原來有竅門，就是因為勤勉有恆。

人人都說老校長記憶力特強，其實半是天分，半是苦心。每學年招生完畢，學生報到入學後，老校長一定親手製作學生資料卡，逐一登錄學生相關資料。在無電腦時代，全憑手工及過人的恆心毅力，憑著資料卡認識、了解學生。所以是因愛心、用心，使校長增強記憶力。

老校長逝世後十五年（民八十六），我在母校擔任主任祕書一職，奉何福田校長之命，籌設老校長圖書資料紀念室。趁工作之便，好奇的查看我的資料卡。赫然發現資料卡片背面除記錄我的學歷、內子、父親外，最後一行竟記載：「母胡榮月女士七十一年二月八日逝世」。家母逝世，不曾向校長稟報啊！豈料同年（民七十一）十月三十日老校長也辭世了。原來老校長製作及管理學生資料卡，關心學生，竟然是退而不休，甚至做到「死而後已」！

典範永垂

老校長一向以校為家，深愛屏師這個家，有外調、高升機會，不是婉拒辭卻，就是放棄不就；視學生如己出，即使殘障、頑劣不堪也呵護不捨，疼愛有加；既是學生就一個也不能少，是個不折不扣的完美主義者。

師生間有說不完的芝麻瑣事，有道不盡的溫馨故事；娓娓道來，林林種種，故事何其多？其實老校長的故事，就是烘襯一個「愛」字。國家教育研究院將老校長列入台灣百位教育家之一（按：見《教育愛——台灣教育人物誌V》，一〇〇年十二月），名實相副。

我是屏師四六級校友，屏東大學退休教授，對老校長良師典型，儒雅風範，終生難忘，姑撰一聯，以誌感念。

上聯描繪老校長，高風亮節，令人敬佩；下聯敘述屏師學子，濡沐教澤，自成大器。橫批是「功高勞苦」，其聯如下：

功立德立言立，永垂矣；高行止，尚仁義，是教界大師。諄諄般般，誨人不倦，總令瓜園弟子，念念難忘。

勞動活動運動，長施也；苦心志，練筋骨，作杏壇尖兵。兢兢業業，育才最樂，必使國家幼苗，欣欣向榮。

原刊《屏東大學校友通訊》第一七期（一一一年十一月）

情義人生——悼長治鄉長邱維河兄

一〇八年一月四日，你辭世了！

第三天，一月六日到府上「憶恩廬」看你最後一面。同學三年，知交一生，從此陰陽乖隔，天上人間，永別了。

人生的列車，你到站了，帶著你的人生成績單下車，向上帝、佛陀、菩薩報到，接受評判。同學李文雄、林彩榮與我，就留在車上向你揮別，繼續我們未竟的行程。此刻真正體會到生離死別的滋味，竟然是那麼苦澀、悽愴。

我們是六十多年前就讀屏東師範時的同學。剛入學時，因高、帥、壯，被郭惠民導師指定為班長，就這樣你成為四六甲的班長，而且是永遠的班長。就算畢業後當教師，後來改行從政，甚至從商，也和同學維持密切的聯繫。即使歷經無數春風秋雨，甘苦嘗盡，退休在家，還是經常聯繫久未謀面，或打聽失聯的同學，你這個班長始終不曾卸任。

有一位黃同學，自一〇二年因健康關係，住進安養院，由能說能笑，談笑自如，住到插管癱瘓、不言不語，一如植物人。多年來，你一直固定每個星期，探望一回，不管他有沒有回應，只因他是老老同學，是初中也是師範同學，也因在校時你受委屈，他仗義罩你，是以終生情義，關懷一輩。

師範畢業後，擔任國小教師，而後從政出任長治鄉長，政績卓著，成為全台最佳鄉長。卸任後奉派任林務局專員，全台青山綠林走透透，也因此托你的福，同學們能分享山林情趣。

記得你曾經帶領同學李文雄、王武雄、林龍清和我，一行五人從屏東縣最偏遠、最深山、最高峻的阿禮村鄰近礦場出發，翻山越嶺，穿梭於掩映在原始雨林似有若無的羊腸小徑中，幾乎是耗盡體力，終於走進神祕、迷人、浪漫、人跡罕至的祕境——鬼湖。沒有你的規畫、安排，這獨特、畢生難忘的登山健行，我們必然無法品嘗。

民國九十六年，我們師範畢業滿五十年，同學們多已屆古稀高齡，你主動擔任召集人，出錢出力，籌辦同學會，夜宿墾丁，再續五十年前的同床共硯情緣，換得同學們重溫舊夢，一夕歡樂。十年後（民一〇六），大夥兒高齡八十了，老班長你又主動再辦更「高檔」的畢業六十周年同學會。你已是老態龍鍾，卻堅持籌辦連出席都困難的同學會。參加的老同學，萬分感念你的用心良苦。

你對同學會似乎是上了癮，六十周年同學會明明於一〇六年三月二十九日完美辦過，九個月後又獨自一人，在自家庭院，盡心盡力，費錢費事的邀集老同學約五十人聚會。所有瑣事，如電話聯繫，場地布置，餐飲供應，甚至伴手禮，全部一人獨力設計包辦。你身軀因老化，賣力工作，夠駝了，卻越老越硬頸。

其實在自己家裡獨力籌辦這樣的同學會，一〇〇年秋季也辦過。至於迷你小型聚會，就更難數計了。這個班長你做得太稱職，下輩子再選你當班長。

你是六堆客家大老，德高望重，熱心客家事務，出錢出力。不但心繫六堆客家，更關懷大陸鄉親。

你跟朋友合夥開設電子工廠，得便刻意前往客家大本營梅州，目的是找尋邱家祖祠，到處打聽，整整三年，皇天不負苦心人，終於找到邱家祖祠，就在粵東蕉嶺文福鎮。這耗神費力，得來不易的結果，竟讓你瘋狂似的愛上文福鎮，只因它是邱氏老祖宗故居所在，血濃於水的情緣，讓你捨不得不愛。其實，那只是性情中人自有的特質，就像關心同學一樣，你本來就是多情種，是鐵漢柔情啊！

民國九十一年，你在大陸的事業有成，那時大陸經濟還未起飛，鄉間農村，普遍貧困落後。你是教師，了解教育的重要，於是發願捐輸助學。

文福地區有創兆、暗石及逢甲三所小學，就先為這三所小學設立獎學金。首先於教師節致送每位教師福利金五十元人民幣（下同）。其次設立「源緣圓」獎學金，協助貧窮學童，表達飲水思源，珍惜宗親情緣，期待教育圓滿，充分顯示珍愛祖先故園，充滿慎終追遠情懷。此外為創兆學校，捐贈一間電化教室，耗資人民幣兩萬元。

九十二年為暗石學校建造升旗台，充實燈光設備，耗資六千元。九十三年再為暗石學校建造一面籃球場，捐款一萬六千元。

此後年復一年，漂洋過海，親赴文福鎮頒發教師福利金，及「源緣圓」獎學金，由烏髮罩頂頒到白髮落盡，從健步如飛頒到步履蹣跚。

你為人落落大度，思慮縝密；不拘小節，能言善道。這一生不算轟轟烈烈，但慷慷慨慨，很熱情；家境未必大富大貴，但有情有義，很慈悲；古道熱腸，卻不為沽名，不為釣譽，難能可貴啊！

晚年，你髮落頭禿，但讓鄉親感受到的是，一頭佛心善念；你彎腰駝背，但同學們看到的是，一身善行義舉。

你是個懂得享受「為善最樂」的人；能領會「施比受有福」的樂趣，體悟「積善之家必有餘慶」的道理，所以樂此不疲。你未必期待什麼善行善報，但就是樂於付出。這輩子，簡單說：你是六堆客家大老，是邱氏宗親耆老，也是屏師砥礪（四六甲班名）奇老，你老得可敬，老得璀璨，老得讓人懷念。

你從上車到下車，歷經了八十三年風雨人生，我謹代表屏師四六甲同學，為你撰寫人生成績單，下車後轉陳上帝、佛陀、菩薩，作為評審的參考吧！

你的人生成績單，言簡意賅，就十六個字：

樂善好施，維公長憶；追源溯祖，河伯圓緣。

原刊《屏東大學校友通訊》第一〇期（一〇八年四月）

人間情死而不已

陰陽駒躍隙，譬如天與地，
昔時共硯遊，今日長相憶，
人間難再會，幾度魂夢裡。（頻夢故友有感）

今（一〇八）年五月三十一日，屏師（今屏東大學）四六甲班「四友」，文雄、彩榮、龍清和我，加上丙班的瓊瓔、三位太座，八人共聚高雄極鮮火鍋店，也算是開一場迷你同學會，兩個多小時的天南地北，海闊天空，很開心，很盡興，也很快速地結束了。

當天晚上，一夜好睡，一如往昔，又夢見他——四六甲另一位同學邱維河君。

今年元月維河往生後，常常夢見他。雖說「常常」，其實很不尋常，竟有一定的「節奏」，極為不可思議。

維河君沒加入「四友」，可是與我們關係密切，他既和我們一樣是六堆客家人，也是我們的班長，後來更是長治鄉長，熱心客家事務，關心同學，照顧朋友。我們四人如果是友好小圈圈，那維河君擁有一個大圈圈，我們的小圈圈是包含在他的大圈圈裡的。

他辦活動，像聚餐，同學會，或是旅遊活動，總會邀請我們參加。如我們辦活動或聚會，他也常自動插隊參加。譬如有一回，教育部舉辦一場兩岸國小語文課程教材教法研討會，地點在大陸的北京師範大學。彩榮、龍清是國小校長，文雄是國中主任，我在屏東師院任主任祕書並教授語文科教材教法課程，另外台東師院有幾位語文科教授也參加，這純粹是教育學術研討會。那時維河君長治鄉長任期屆滿，因績優改任林務局專員，已經不是教育界同仁啦，可是他自費參加，就是要跟我們一起領略京華煙雲，瞻仰萬里長城，躍馬塞外草原。這是八十五年秋季的事啦！

其實我第一次遊大陸，是在八十五年春，就是維河君組團暢遊珠江三角洲，往東到東莞、惠州，朝西抵佛山、肇慶，向南達中山，甚至朝向珠海、深圳。親臨翠亨村想像孫中山的童年趣事，來到虎門憑弔林則徐的浩然正氣。

爾後，在南昌登臨滕王閣，望秋水共長天一色，賞落霞與孤鶩齊飛；於九江濛濛茫茫雲霧中，見識廬山真面目；當最冷的季節、最冷的時刻，前往大陸最冷的大城——哈爾濱，體驗零下三十七度的特殊況味；暢遊天府之國，於成都參觀掩映在翠竹幽林中的杜甫草堂，於綿陽瀏覽環抱涪江畔古意盎然的李白故居；遊覽中國最瑰麗的景區——九寨溝，觀賞美得不可思議的水風情，體會了為什麼「曾經九寨難為水」？何以「九寨歸來不看水」？

無數次與維河君遍遊大陸名山勝水，但最特別的是，前前後後與維河遊遍粵東梅州達六次之多，我們一起愛上梅州、成為梅州迷，只因她是客家人的原鄉。

在梅州欣賞日落梅城浸梅江，夜遊梅江高唱〈屏師之風〉；覽靈光寺、觀雁鳴湖、賞圍龍屋；難忘雁南飛茶田品功夫茶，一品香的燉乳狗肉，更是齒頰留香；不知名小攤的醃麵，一大碗僅兩元人民幣，便宜得像梅州一景，卻讓我跟文雄徹夜忙著跑廁所。曾和文雄夜逛書店，搭三輪車返回一公里外，維河在梅江畔麗江花園的家，索價三元，我倆卻把所有的零錢五元三毛都給了車夫。還因坡度不小，踩踏困難，下車幫忙推車，只因車夫是身子瘦小，一臉滄桑的婦人。雅事、糗事一堆；溫馨、狼狽備嘗，那些年在梅州有太多和阿河一起編織的前塵往事，無一不教人戀戀難忘。

不過印象最深刻的是，九十三年四月十日，阿河親自開車由東莞朝東北奔馳四百多公里，經河源、龍川、興寧，最終抵達梅州。十二日，再向北開車前往二十公里外的白渡。這是專程幫我找尋江南戶鍾家祖塋故居，此行另有文雄、阿河嫂陪同。

記得七年前（民八十六），屏師四六甲同學組團遊梅州，順道前往龍清在蕉嶺新鋪墟老家，卻陰差陽錯，意外發現白渡就在梅（縣）蕉（嶺）國道邊東側的叉路。更早之前，已知悉江南戶鍾家祖先故居，就在梅縣白渡。白渡算是我魂牽夢縈的陌生家鄉，真想就順道造訪，可是時間不夠，不好耽誤正事，於是繼續行程。但有這意外收穫，知足了，最少知道鍾家老祖宗故居所在位置，就等待適當的機會再專程探訪吧！這一等，整整等了七年，這回托阿河的熱心，順利找到江南戶我們鍾家一世祖慤軒公祠堂。

維河君真的「惠我良多」，對他既感念又感謝，今年一月四日辭世後，專誠為他撰寫一篇悼文，既哀悼也表感恩。

我們四友，往常聚會並不定期，想到了就聚，高興了就會。自參加維河君的告別式後，既感同儕情誼可貴，更嘆光陰飛逝如梭，時不我予之感，油然而生。彼此都已屆耄耋高齡，應該及時把握珍惜。四友從此決定每月聚會，輪流作東。

但奇怪的事發生了，從二月開始，每次聚會前後，晚上必夢見維河君，有時在聚會前一晚，有時在事後一天。迄本文撰寫（六月上旬），已聚會四次，卻夢了五回，奇怪啊！明顯的維河君，死也要參加聚會，就跟生前一樣。

最奇怪的是，怎麼多一回？仔細回想，赫然發現，多出的一回，竟然是發夢在我接到第十期《屏東大學校友通訊》那天（五月上旬）晚上。原來該期刊登了我費心盡力，一改再改，一修再修，為悼念維河君而撰寫的悼文，難不成是來回應，謝我？

記得第一次夢見他，我高興的問：「知道我是誰嗎？」他緩緩的說：「知道哇！是鍾吉雄啊！」口氣一如往昔，平和自然。我與他已是天上人間了，因為是「第一次」見面，所以這樣問。

每回夢境都很清楚，最令我傷感的對話迄今印象鮮明，是第二次夢見他。某種場合聚集好多朋友，只見他遠遠的走過來，幽幽的對我說：「你不要告訴他們，我其實已經不是人了。」即使是夢裡，也哀傷無比，是啊！早知道你、我已是天人乖隔了。

這回夢中對我說的卻很勁爆，竟然勸我要參加國民黨。難不成在陰間也知道陽間現在總統的競選正轟轟烈烈登場，鬧得不可開交，要我選邊站？維河君可真的死愛國民黨，至死不逾啊！

維河嫂、令千金、貴公子曾專程光臨寒舍探訪。好奇的問他們是否有夢到維河？答復竟然是：「都沒有！」我把所夢到的告知他們。文莉感到不可思議，卻關心的問道：「老師，怕不怕啊！要不要讓媽媽去拜一拜？」

我清楚，我明白，由人間進入陰間是瞬間，似白駒過隙。實則生死兩界，渺渺茫茫，無邊無際，一如天與地，有去無回，是不歸路；無上天梯，沒下地階，既上不去，也下不了，是黃泉路。這黃泉不歸路，無形無相，卻將友情、愛情、親情，硬生生，不可逆，永永遠遠阻絕了。

陰陽界，人鬼情，如因夢而藕斷絲連，因幻而嶺絕雲接！這般夢幻不也難得可貴？何必點香燒冥紙，硬要拆散呢？順其自然吧！

唉！老友！安息吧！

原刊《六堆雜誌》第一九四期（一〇八年八月）

想念——悼屏師四六甲班長李文雄兄

今天，二〇一〇年二月二十二日，出席你——老同學李文雄兄告別式，思緒紛飛，心亂如麻，分不清是無助，還是無奈？也不知是難堪，還是不堪？一腔哀傷，十分懷念，既睡不著，姑補撰一輓聯如下：

想你我隆情厚誼，萬般不捨；念今昔前塵往事，百感交集。

如需要橫批，那便是：「想念」吧！是啊！跟你相交一輩，相知一生，知道你在二月九日辭世迄今，竟無日不想念你。

你不是聖人，但肯定是善人；在嫂夫人眼中，或許是個倔強固執的老人，但在朋友、同事眼裡，你能力超強，古道熱腸，是道地的好人。

文雄兄，你我於四十三年同時考進千萬學子嚮往的屏東師範學校（今屏東大學）。

四十六年畢業了，你派到來義山麓的餉潭國小，我派到深山中的霧台國小。這一年是我們認識以來，畢生中乖隔最久、最遠的一段時間。一年後，你改派潮州國小，我改派力社國小，兩地相距不遠，騎單車十五分鐘車程。之後，我們成為畢生的朋友，永遠的知己。

記得在校時，你活潑、外向，才華畢露，允文允武，是體操隊、田徑隊、管樂隊、合唱團員，會唱擅游，能言善道，聰明伶俐，加上長得帥，既活躍又火紅，全校無人不知，無人不曉，同時你也是四六甲班繼邱維河之後，第二位班長。不過，師範三年，你我只是同學罷了，你的圈子是謝福祥、邱維河、李松翰、王武雄等，是一個活潑外向群組，我則和龍清、彩榮、泉隆等同學走得近，算是文靜老實群組。

使你與我，變知心，成莫逆，是在畢業後第三年，民國四十八年。

有一天，我從力社國小騎著單車下班，途經潮州，不期而遇見你。閒聊之下，知道你準備參加大專聯考，也勸我上補習班，參加聯考。其實四十七年夏我考過了，但鎩羽而歸，領教過聯考的難，實在不想再「受傷」。你卻不停的勸進、鼓勵。為了不忍掃你興，答應姑且試聽一堂課再決定。誰料到就因這堂課，改變了我的命運、人生。

上課的潮州高中劉德明數學老師，講了一個小時的精神講話，肯定師範生全是英才，只因家境困頓不得已才念師範，個個都是可造之材，要我們用心，努力不懈，一定可以如願。經不起鼓勵，就這樣，下定決心再拚一場。

努力有成，總算考上了，但家裡窮，讀不起私立大學。再度沒日沒夜，苦熬苦讀。結果於五十年第三次參加聯考，考上公費的台灣師大。而後在潮州初中、母校屏東師專（今屏東大學）服務，從助教幹起，直到教授退休。人生雖然一路坎坷，滿布荊棘，但也一直面對困厄，過關斬將。一個師範生能夠以國立大學教授身分退休，差強人意了。這拜你所賜，是因那次偶遇，那天苦口婆心，提升了我的學歷，改變了我的人生。

你呢？上進心強烈，參加中等教師檢定合格後，轉任國中教師，再到高師大進修，取得高中教師資格，先後在獅子、新園、高樹、里港及屏東大同、明正國中服務，甚至到私立華洲、屏榮商工等高職服務。你轉換教職，頻率高、速度快，就像當年在屏師運動場一樣滿場跑，從山地跑到平地，由屏南跑到屏北，再繞到屏東市區明正國中才停下，直到屆齡退休。

你在國中服務時，多數擔任總務主任，這是校長信任的人才能擔任的工作，必須關心校園，願意多管閒事。總務主任的業務，讓你養成樂於助人的習慣，甚至親自動手操持，竟因此學會許多工藝、技術。

有一年，賽洛瑪颱風肆虐，吹掀我家屋簷鐵架上的塑膠板，請你幫忙找鐵工修繕，你是幫我找來了工人，竟然跟工人爬上屋頂，一起工作。你看我家沒裝門燈，又帶著工具箱、電線、燈泡、定時器，像水電工一般，在我家動工。中午請你到大餐廳吃飯，你堅持到我家巷口轉角處小店吃粄條。吃完粄條又繼續工作。有一回，問你哪裡可以買到點火器，我還沒前往購買，你乾脆送來點火器。

你處事心細、周到，待人更是真情、誠意，有時甚至惹得嫂夫人因誤會而生氣。其實我佩服你，你只是樂善好施、古道熱腸，本性使然，如此而已，難能可貴啊！

邁入中老年後，我愛上青山綠水，你熱中遊山玩水，於是從最美麗的新疆禾木小村，玩到最繁榮進步的世界大城上海；由花團錦簇的珠海，逛到冰天雪地的哈爾濱；同登黃鶴樓，遙望長江天際流；共遊鄱陽湖，江湖交匯見奇觀。在漠北騎雙峰駝，於塞外住蒙古包；賞西湖，識廬山；穿三峽，登長城；下揚州，上蘇杭；三山五嶽，五湖七澤，山山水水，幾乎遊遍大陸名山勝水。但印象最深的卻是六度暢遊梅州，留下畢生難忘的印象，只因梅州是客家人的原鄉，蒙維河兄的熱心協助，先後尋獲你、我的祖塋故居。

有一回，在梅州市區徒步上街，你購得《李姓史話》一書，喜不自勝。接著叫了一輛三輪車，準備回維河兄在梅江畔的麗江花園住家。當三輪車接近堤防時，速度緩了下來，顯然車夫有點力不從心。我倆下車，甚至幫忙推車。到了家，車夫要價三元，我們乾脆把身上的零錢五元三毛全數給她，只因車夫是一位滿臉滄桑，衣著單薄、拙樸，身子瘦小，一臉憔悴的婦女，同情心油然而生使然。這一幕竟是你我暢遊大陸無遠不屆，無處不遊，印象最深刻、心中最難忘的「風景」。看見的不是梅州山水風華，而是我們老祖宗的故鄉風土人情。深深感動客家婦女的韌性與堅毅，緬懷先祖，是否都如此掙扎人生，艱苦生活？教人遐想萬千，感慨無限。

退休後旅遊外，你並不清閒，甫退休即擔任明正國中退休人員聯誼會總幹事，因熱愛音樂參加鄉頌及逸仙合唱團，擔任總幹事。也曾任六堆文教基金會祕書長，忙於活動，樂於練唱，日子充實、心情愉快。認為能工作是幸福，被肯定是享受，樂此不疲，就這樣退而不休，成為一個忙碌的閒人——你本來就可以悠閒過日啊！

自從維河兄一〇八年一月四日辭世後，有感時不我予，喟嘆人生無常，於是與彩榮、龍清和我，四位老同學，約定每個月聚會一次，輪流作東。去（一〇九）年十二月輪由彩榮兄召集，四老及兩位夫人相聚甚歡。我們期待今年元月輪由你負責召集，誰料元月過去了，二月來臨了，竟杳無訊息，請內子借口問候，聯繫大嫂。才知道你因胃腸不適，一月下旬住院了。直到二月九日，大嫂傳來噩耗。天啊！你竟然捨棄老友，忘了作東，不告而別，直奔天國？

你的人生真的很精采，在校求學時多采多姿，職場工作時任勞任怨；對同事盡心盡力，對朋友有情有義。你用熱心與真誠彩繪生命，用助人與服務充實生活，但知付出不求回報，實在是一個好心善人。

人生如戲，如今戲演完了；人生如夢，現在夢醒了，是到驪歌傷別的時刻啦，只是「驪歌聲裡猶踟躕」，真的！任我如何存心豁達，刻意看開，卻怎麼也瀟灑不起來；明知人生沒有不散的筵席，但就是不捨你飛上天國，也不慣於同儕裡少了你啊！

永別了，老友，感謝你，也想念你！

原刊《屏東大學校友通訊》第一四期（一一〇年四月）

老頑童・六堆客影特輯與我

記得是一〇四年夏某一天，攝影大師陳焯棋先生邀集一群關心六堆客家事務的鄉親大老，共聚一堂，商討編輯一本有關六堆鄉土社會人情風采的照片影集。最後決定委請潮州高中退休教師曾昭球先生擔任主編，其他執行編輯人員為劉祿德校長、鍾永發校長、羅振綱先生、民俗文物收藏家黃聰榮先生及筆者。

存放屏東市建國國小的成千上萬幀照片，一眼望去，密密麻麻，層層疊疊。如果只是純粹欣賞照片，不做任何加工處理，樂得看，當然好玩。但如要分類、編輯、說明照片的時空背景、分析影像特質、性質，甚至評論，這很專業，也很費神。我不是熱誠不夠，而是自認能耐不足，於是打退堂鼓。不過答應協助文字處理工作，包括撰寫序文，校對、補充或旁白說明部分。年紀一大把了，何必跟自己的血壓過意不去呢？

一年後，一〇五年夏編輯完竣，正式付印之前，為校對前往高雄印刷廠三趟。每次前往印刷廠，我在高雄後車站下車，大師開車接送，每回校對完畢往往接近中午。總是說沒錢請我吃大餐，但堅持請吃俗擱大碗又有特色的午餐。

有一回，轉了好幾個地方就是不得其門而入，這一天「特色店」好像約好似的，竟然同時休店。彎彎轉轉的，最後竟由高雄北端的左營，轉進到南陲的小港，就吃了一碗牛肉麵。不過這仍然是特色店，至少這位大我五歲的老哥隆情厚意，我感受到了。

另有一回，更安排我夫婦倆搭乘輕軌，由高雄軟體園區站到首站籬仔內。竟託他的福，蒙他好意，夫婦倆得以首次在高雄乘坐輕軌，快意享受「時髦」，品味「新潮」。這天做了另類「新鮮人」，很寫意。

大師已是八十五高齡了，為自己的心血大作，任勞任怨甚至委屈求全，其實我不忍，只好盡量配合；他怎麼安排，我全盤接受，大師表示不累，我怎好意思累？

一〇五年九月初，夫婦倆與兒子、媳婦暢遊夏威夷回來。焯棋老兄送來厚厚一冊《六堆客影特輯》，表示謝意，總算告一段落，完成了！但當他知悉我剛從夏威夷回來，竟要求我撰寫有關日本偷襲珍珠港一事，指定要深刻報導美軍傷亡，軍艦毀損慘重狀況，還要附上相關照片。

問他做啥用？他說要附在《六堆客影特輯》末頁。但特輯已經編印完成了呀，再說珍珠港算哪堆呀！大師卻另有想法，認為：這文、這圖象徵六堆客家人雖然硬頸、重視忠義，敢打敢拚，卻是珍愛和平；也能暗示熱切期盼兩岸和平相處。甚至準備寄一冊給習近平，表明我等客家人愛好和平的特性。將文章附在末頁，那是技術問題，他在行，不難啦！大師如同老頑童，熱心、率性、天真如斯，可謂難得一見啊！

我體會到，這位率直的老人，可愛的建議，出乎至真、摯愛的高貴情操，於是答應他三天之內交稿。結果又得額外再跑一趟高雄，《六堆客影特輯》也因此多出了「一堆」。為此，有人認為畫蛇添足，因為珍珠港與六堆無關；但也有人認為是畫龍點睛，客家人熱愛和平的情懷，以隱喻方式躍然專輯中。我呢，沒意見了，只是單純不忍拒絕這天真老頑童罷了。至於這冊特輯是否有寄給習近平，我沒追問。

今年（民一〇六）七月一日，老頑童熱烈舉辦了《六堆客影特輯》新書發表會暨六堆客家鄉親聯誼會。老頑童叮囑我務必臨會，並報告編輯《六堆客影特輯》的心得感想。口才魯鈍如我，很少在公開、公眾場合用客家話報告，實在不敢獻醜，但面對這熱心、純真的老頑童，就是不忍推辭。

十點半，跟老同學林彩榮校長夫婦趕到鄰近五溝國小的水流東客家休閒餐廳。場地不算很大，參加的鄉親卻不少，少說也有二百人吧！客家鄉親算是踴躍出席了！

看完客家鄉閭老嫩大細各項表演節目，終於輪到真正的核心節目，報告老頑童的心血大作《六堆客影特輯》編輯心得。

除了介紹真正的編輯人員外，限於時間，我精簡說明《六堆客影特輯》似乎可以更名為《圖說六堆鄉土誌》。因為是書本質在敘述六堆客家文化、文物、地理、歷史、風土、人情、人物、禮俗、建築等，卻獨特的以圖片展現。

接著進一步具體深入說明書中約千多張照片，每一張照片都張揚了六堆客家的特殊人情風格。譬如，掛紙、祠堂、忠義祠等圖片其實就是表現所謂「一等人，忠臣、孝子」的做人典範；再如，遍地的敬字亭、獨一無二的昌黎祠、每年頒發的六堆文教基金會獎學金等圖片便是彰顯所謂「兩件事，晴耕、雨讀」的做事原則；又如，土樓、圍籠屋、義民廟、六堆運動會等圖片則是顯現客家人的「硬頸」精神；至於竹籬笆、土磚屋、耕田農具、吃飯桌凳、圳溝洗衣等圖片更是呈現客家人「勤儉」、「煞忙」的生活、工作態度。

書中任何一張照片都充滿濃濃的六堆風味，或明或暗傳達了深具特色的客家風情。《六堆客影特輯》實在值得鄉親一閱再閱，更值得典藏、流傳。

因為《六堆客影特輯》，兩年來，老玩童與我恩義情緣，牽牽扯扯，釐不清是我欠他，還是他欠我？他，八十五歲了，能開車，可健步，開懷暢談，純真自在，有點我行我素，大行不顧細節；談吐粗枝大葉，心思卻細密周延。老頑童老得很健康，慕煞多少「老」朋友？真不知這是否跟精湛的攝影技術有關，還是跟嚴謹的攝影態度有關？

原刊《六堆雜誌》第一八三期（一〇六年十月）

這個人老不休

吳榮泰君今年七十三歲，我八十二歲，我們是「老」朋友，但不是老朋友，更不是總角之交；既非師生關係，其實滿像師生關係。

最多不會超過五年吧！有一天，在屏東大學屏師校區的校園裡，如萍水相逢，於晨運、閒談中認識了。他竟然是我就讀屏東師範（今屏東大學）時（民國四十六年畢業）同班同學林作雄兄的學生。作雄兄已辭世多年，印象中作雄兄個子不高，可是才華奇高，能唱、善游、會畫、擅書法。畢業後為人師表，不多久，竟又搖身一變成為陶藝大師，名滿美濃陶藝界與美濃窯齊名。他是學什麼，便精什麼，精得很。其弟子榮泰君不遑多讓，能言健談，古道熱腸，愛管閒事，樂爬格子，看到什麼，就寫什麼；想到什麼，就寫什麼，寫得很勤，勤快得很。這對師生，一個精，一個勤，都很與眾不同。因作雄兄故，樂得與榮泰君共切磋；卻也因與榮泰君交往，教我不時懷念老同學。

榮泰君美濃國小畢業後，考上屏東明正初中，高中卻就讀鳳山高中。畢業後，投筆從戎，直到民國六十年（二十四歲）憲兵中尉退伍。六年後（三十歲）台大外文系畢業，留台北任職貿易公司助理祕書，聯勤總部外事處聘員。母親辭世後，南返故鄉美濃，任教於旗美商工，再赴屏東任教屏榮商工。六十九年（三十三歲）應聘國防部中正國防幹部預備學校，任高中部英文教師。八十九年（五十三歲）退休。一段人生精華歲月，學途蹭蹬，奔波南北，來往高屏，曾經是軍人，任祕書、聘員、為人師表，入出軍公教界，允武允文，能屈能伸，經歷多元，見多識廣，經驗豐富。

榮泰君為人熱心公益，關懷家鄉。只要覺得有意義，便自動攬下工作來做，竟意外博得某某總幹事、某某校友會會長等美名，也曾經是六堆文教基金會董事。總是費盡心思，耗盡體力，換來朋友、同學、鄉親，歡聚一場，開心一下，表面上什麼也沒有獲得，只因做了想做的事，又能圓滿完成，就滿足了，快樂了。在一些營私圖利，只求個人利益的人眼裡，這並不聰明，可是他樂此不疲，享受知足常樂。原來他體會到，這個「足」字不全然是指物質的滿足，而是心情的滿意。

榮泰君在屏東生命線當協談志工、監獄講師，協助人生遭遇困擾的人。有人生障礙的人何其多，境遇何其複雜？接到個案，盡所知、竭所能，掏心掏肺，發揮同理心以助人。時日既久，點滴心頭，感觸深刻，於是撰述為文，化意象為具象，留下紀錄，既是感慨也是抒發。人生的苦難林林總總，千奇百怪，其實解決之道，面對之理，卻大同小異，都有一定的原則、脈絡可循。榮泰君撰文是激勵自己，留下紀錄，也啟發他人，供人參考。

榮泰君對家鄉美濃山水，情有獨鍾，有著深刻得難以割捨的戀鄉情懷，於是寫故鄉人情，文化特色，甚至建議行銷美濃風采；對少小就讀的美濃小學，師長風範，同儕趣事，更是遙想綿綿，回憶無窮。於是召開同學會，製作同學錄，撰寫、編輯紀念專輯。忙碌讓他感到幸福，付出讓他覺得快樂。

這就是我的同學林作雄兄的學生吳榮泰君，老師才華洋溢，學生傻勁十足，真是相得益彰。

榮泰君這個七旬老人，開朗外向，陽光樂觀，交友無數，快意寫作。就是不擅電腦，但就有人樂意替他電打，打好文件，為求更完美，就登門懇請比他更老的國文教授，審閱修改，直到滿意為止，再行投稿。

這個天真老人，寫作起步其實不早，但感情豐富，熱情洋溢，文思泉湧，落筆不肯休。經多年勤奮撰寫，累計六十多篇，並結集成冊，或寫世道人情，或抒故鄉風華，或道童年趣事，或聊生活瑣事。無論敘事、抒情、說理，字裡行間，情真意切，或敘或議，盡是悲天憫人，苦口婆心。文集取名《揚帆再發今曉》，就書名看來顯然不服老，還雄心萬丈，真正是老當益壯，退而不休，但願這老忘年交，再接再厲，全力以赴，祝他老而彌堅，風華再現。

原刊《六堆雜誌》第二〇二期（一〇九年十二月）

永遠的影像

今年八十二歲，算是到了人生暮年，五官退化，手拙腳笨，力不從心，渾身不對勁，特別是眼睛。五年前白內障術後保養不當，右眼乾澀不適。去（民一〇七）年元旦那天眼睛中風，視力變得更差。不過回頭想想，「反常」其實很正常，人老了嘛！是八十二耶，不是二十八啦！

看風景，觀文物，不再真切清楚，但很奇怪的，有些近的，遠的；現在的，過去的，雖是無意間捕捉到的影像，卻在腦裡生了根，著了魔似的，怎麼「看」都清晰生動，而且越久越難忘，甚至朝朝暮暮，揮之不去，是啥影像？

扶持

老弟於今（民一〇八）年四月中旬棄世，其實往生前就已腎疾嚴重，到了必須洗腎的地步，其間吃盡苦頭。

老弟有兩個兒子，老二德怡於服兵役時受傷，卻因體質過敏，不能開刀，結果必須終身倚恃拐杖過日。老大德愷熱愛音樂，開樂器行，已婚，育有一女。但兩個姪子性格迥異，感情不睦，對於父親的腎疾，要不要洗腎，竟也意見不合，經常口角。某夜老弟卻因心梗走了。

出席老弟的告別式，家祭時，看到兩個姪子聽禮儀師口令，跪了跪，拜又拜。德怡吃足苦頭，狼狽至極，一下子須靠拐杖撐起身體，一忽兒卻要擺平拐杖再跪下去；拐杖有時是必備的工具，有時又變成多餘的累贅，真是跪、立維艱，站、拜兩難啊！家裡已失去一根大柱子了，兩腳又失衡，漫漫人生長路怎麼走？看著這場面，想著往後，哀傷不忍啊！

後來哥哥德愷緊靠德怡，伸手支援幫忙扶上持下，不停的協助動作不靈的弟弟，好像向老父告白：「我會照顧弟弟的，放心吧！」這場面看得我心好酸啊！兄弟倆是否從此兄友弟恭，我不知道，但這幅影像，迄今栩栩如活，深植腦際。

孺慕

大哥相繼於五月中辭世，享年八十七歲。大哥晚年不良於行，因此不愛走動，平時總是呆坐在姪子德清經營的腳踏車鋪子裡，看馬路，瞧行人，觀車潮，靜靜的，不多話。必須走動時，就抬著四腳杖，緩緩地，拖著笨重的身子，步履蹣跚。德清有事必須外出時，一定開車載著大哥一起走。大哥幾乎是黏著德清過日，德清也耐著性子，無怨無悔，盡心盡力照護。他早有論及婚嫁任教國小的女友，就是不敢結婚，怕多一個老婆，忽略了老爸。

去（民一〇七）年，大哥嘴角長個小肉瘤，不過像兩粒米一般，後來越長越大，竟有話梅一般大，吞嚥都困難，不久「話梅」消逝了，可是嘴角缺了口，合不攏了。醫生說是癌細胞吃掉好細胞，開刀無用，就插鼻胃管吧！再戴上口罩遮掩遮掩。沒想到大哥那麼苦命，到晚年還受這種折磨！

有一次，回內埔老家看大哥，遠遠看到大哥跟過去一樣，安坐門口，但跟往常不同的是：大哥靜靜的坐著，德清蹲著，謹慎的、輕柔的幫大哥擦擦臉部，又小心翼翼的喬一喬鼻胃管，再整一整口罩，倒像一個父親細心、耐心的呵護老娃娃似的。就這一幕，不經意的一幕，孺慕情深，動作細膩，看得我萬分感慨，久久不能自已！這可真是一幕活生生的現世孝子圖啊！

老婆的背影

內子籍大陸杭州，在重慶出生，成長於香港。國立台灣師範大學畢業後留台任教，接著舉目無親，人生地不熟，勇敢的嫁給台灣土著，三級貧民戶的窮小子——我，鍾吉雄。

五十八年結婚迄今一〇八年，剛好五十年，半個世紀的夫妻，差堪告慰的成果是：其一，生下一對兒女，品行正常，順利成長，無愧家國，不負社會。其二，夫婦倆雖非整日卿卿我我，長年情話綿綿，卻真正平凡過日，平靜生活，情緒再差也不曾青白眼，情境再壞從不大小聲。簡單說，我們不懂吵架，平靜是夫婦倆生活的氛圍，尊重是相處的原則。

深思其中原因有二，第一是內子性情好，第二是本人眼光好。兩好沒壞，所以情勢不壞，雖平淡，卻也平安。所謂眼光好，其實只因我無意間捕捉到妻子某一鏡頭，映入腦際，加油添醋，發揚光大，如此而已。

五十八年，夫婦倆在屏東師專（今屏東大學）任助教時，有一天近中午，豔陽高照，妻挺著大肚子趕回家（租的）做飯，那略帶緊張、行色匆忙的背影；披上工作服，切切炒炒的情態。這一幕，再尋常不過了，但從此以後，我認定披上工作服，認真做家事的女人最美。

這意外的一瞥，我從優解析，用心著色——主調是（我）體諒，再渲染以任勞、認命、陽光、樂觀、冷靜、正直、純樸等「七色」。我勾勒、著色的圖像，一如雨後初晴的彩虹，亮麗不刺眼，多彩而溫馨，我不欣賞，誰欣賞？就這樣，總覺得老婆不該受到任何委屈。

母親的側影

因老婆的背影，使我聯想到母親的側影，一樣讓我畢生難忘，永懷母恩。

四十六年從屏東師範（今屏東大學）畢業後，第一年派到屏東縣東北邊境，接近台東縣雲深不知處的霧台國小服務，只能一個月回家一次。第二年改派力社國小，可以每天往返需要騎九十分鐘單車上下班。中午的便當，是母親一早起來親自操持，家裡窮沒有電冰箱、煤氣爐，起火靠草結，熱鍋憑柴燒。母親最晚要在五點半起床，為家人做早餐和我的飯盒。

記得那是一個寒流來襲的酷寒日子，天還沒亮，我賴在溫暖的被窩裡，無意間發現母親的側影，一個人孤伶伶的，縮著脖子，抖著身子，坐在小凳板上，拿著鐵條兒撥來挑去的，費力的起火。不時用手拭擦眼睛，我知道那是被煙火燻出的淚水，絕不是嘆苦命的傷心淚，反而是我看得眼眶汩汩的滲出淚珠來了，感嘆母親的辛勞與苦命。

我了解母親：對父親傷心，對弟弟擔心，對家境苦心；養豬，養雞；手拿鋤頭，腳踩縫紉機；戴著斗笠忙進、忙出，揪著「三心」流淚、流汗，甚至流血，任勞任怨，全心全意，認命的為貧困寒酸的家嘔心瀝血。

母親的人生如果是書，便是一本不忍卒讀的悲情書；如果是戲，就是一齣賺人熱淚的傷心戲；如果是畫，那是一幅淒風苦雨的水墨畫，教人黯然神傷。

這一瞥，好古老，六十年，記牢牢。

*

常言道，有夢最美。那偶然捕獲的影像，無時不縈迴腦海，宛如有味可品，有念可想；隨時刺激腦髓，挑動腦神經，既思考、反省，也懷念、回味，也算是一種幸福吧！

原刊《六堆雜誌》第一九五期（一〇八年十月）

這個家團員難

〈臨江仙〉

浩浩珠江南逝水，最難罹亂故人，扞格國共起風雲，河山依舊在，遍地烽火焚。

勞燕分飛傷闊別，白雲蒼狗浮沉，三地兩岸一家親，往事娓娓道，姊妹情深深。

楔子

〈臨江仙〉是詞牌名，原旨是詩人歌詠水仙花。水仙花原產地就在中國，她於寒冬百花凋零時節，卻能花繁葉茂，煥發縷縷清香。內子喜歡在春節期間，購買一盆水仙花，放在客廳茶几上，與家人、朋友共享優雅，即使沒有客人蒞臨，也可以孤芳自賞，自得其樂。

今（民一〇九）年，內子沒買水仙，是因過年前就已聞夠水仙花香了。春節（一月二十五日）前一周，一月十二日至十八日，這期間與相隔兩岸，分居三地，失聯大半生的兩位姊姊，在大陸珠江口伶仃洋邊的花園城市——珠海，團圓聚會。姊妹們齊集珠江邊，歡聚暢談，撫慰平生遺憾，如臨江仙女一般，愉快度過一個星期的溫馨姊妹會。

明代詞人楊慎描繪亂世分合，膾炙人口的三國演義，以〈臨江仙〉詞牌填一闕詞，作為卷頭語，傳誦千古。內子娘家三姊妹因內戰紛擾而離散，也因政權更迭而聚合。背景、情節神似，算是家庭版三國演義吧！於是不揣淺陋，亦以〈臨江仙〉，填一闕詞以誌此次盛會，寓姊妹情深，感慨萬千如上。

本事

內子父親——我的岳父，浙江杭縣人，民國七年生。飽讀詩書，強記憶，五經中熟背三經半；擅詩詞，精數學，卻攻經濟。民國十六年北京大學經濟系畢業後，從軍十年，曾任淞滬警備司令部總辦公廳主任；賡續從政十五年，曾任中央銀行一等專員，中央合作金庫上海分庫經理。允文允武，官高位大，是國家財經幹才。台灣光復之初，奉派來台接收台灣銀行，率領四十四人，工作四十四天，完成任務後，返回上海任所。晚年作詩自娛，得千五百首，著有《怡怡堂》詩集。

一九四九（民三十八）年，國共交惡，遍地烽火，除老大長女已考取北京師範大學，自願居留北京外，舉家老、小十餘口，由上海經廈門、汕頭，輾轉淪落香港。最後落腳香港元朗鄉下，在屏山養雞種菜，賣雞蛋維生。窮到曾欠三年房租，買米要賒帳，吃的是碎米。內子上學不能坐公車，只能徒步一個小時到校上課。

落難香港期間，夫婦之外，上有父母、岳母、二姊，下有九個兒女，個個張口都要吃飯。擅詩詞，不見得擅養家；懂經濟，未必能賺大錢，從此專家潦倒，詩人落魄，現實艱難，既遭風火劫，更受生活煎，真是備嘗艱辛。留在北京的大姊表示願意照顧已經是高、初中生的老二、老三、老四，於是難分難捨，萬般無奈，離開了父母。

經二十年刻苦奮鬥，總算安定下來了。自一九四九年逃離上海起，迄一九九七（民八十六）年香港回歸大陸，這期間或因自願留居北京，或為減輕家庭負擔，有因恐共，有為理想；苦用心的，不得已的，陸陸續續「離家走出」。或遷徙台灣，或移民澳洲，或長留加拿大。一個劫後重生，原本和樂融融的大家庭，再次大分離，而且離得更遼闊，走得更遙遠。有在東半球，有在西半球，甚至乖隔南、北半球，奇蹟似的竟遍布全球各地。

不過從一九四九年，迄去年二〇一九（民一〇八）年，七十年間，這個歷經狂風暴雨洗禮，搞得分崩離析的家庭，有過兩次團圓，都彌足珍貴。

一九七八（民六十七）年，睽隔三十年的四個姊姊從北京來港。內子排行第七，與雙親由台赴港，在香港團聚。這是父母和十個子女，因戰亂分離後唯一的一次完整的大團圓，為期僅半個月。

第二次團聚，於二〇〇七（民九十六）年，在北京，距首次團聚，竟也相隔三十年了。不過這次雙親已辭世，老二、老八也已上天國。大姊住安養院和老么都缺席，是一次無父、無母，沒（老）大、沒（老么）小，不完整的團圓。滄桑歲月，起落浮沉，本是千古事，能再相聚已是難能可貴了。

今年二〇二〇（民一〇九）年正月，北京的三姊南下珠海過年，住香港的四姊夫婦，在台灣的內子夫婦倆，受邀齊集伶仃洋邊的珠海。由老二的獨生子江姜夫婦費心安排食、宿、交通及旅遊行程。這算是第三次團聚吧！距第二次相聚間隔十三年。

本來父母和十個子女，共十二口人家，現僅三姊妹，外甥江姜如代表母親的話，勉強算四姊妹團聚，也差堪告慰了！

這次團聚從一月十二日起至十八日，除起程日和返回日外，每天安排兩個景點，既緊湊又深入，都是一般旅遊團不易深入的景點。印象較深的是吃驢肉、青蛙皮、燒鵝、葫蘆粽、陳皮粉番茄、廣東飲茶等，特色是：精緻，美味，價廉，深刻領教了所謂「吃在廣東」。

但感觸最深的是：參觀孫中山故居、黃埔軍校舊址、虎門林則徐紀念館、新會梁啟超故居、江門崖門古戰場等。古戰場是南宋和元軍最後決戰的戰役，南宋大敗，宰相陸秀夫抱年幼的帝昺跳海殉國，是宋朝終結的傷心地；林則徐的正義凜然，禁菸焚煙，抗英愛國，卻阻擋不了顢頇政權的墮落；梁啟超見識過人，主張革故鼎新，變法救國，也無法挽救腐朽的滿清；孫中山則膽識過人，竭力破舊立新，建立了中華民國，於民國十三年創建黃埔軍校，鞠躬盡瘁，死而後已。

這次旅遊，像遊觀歷史興衰遺痕，也像閱讀亡朝滅國文獻；既慨嘆政權更迭，又感傷山河破碎。回顧內子一家，由興旺而寥落，因流離而失所，其實兩者因果關聯，因為國破，所以家亡，所謂「國破家亡」竟活生生印證在內子娘家。

可是，筆者百思不得其解：內子娘家，幾度飄零，幾度分合，滄桑歷盡，悲歡嘗夠，終能竭心盡力，歡慶團圓；兩岸同語文，同祖宗；血脈相連，文化相依，為何還要彼此仇視、敵視呢？三地姊妹可以情深相會，兩岸兄弟何必鬩牆懟？

原刊《屏東大學校友通訊》第二期（二〇九年四月）

藏情納愛無怨尤

房子，家的代名詞，像一個容器，容納了家人、傢俱，以及摸不到，看不見，只能感受得到的溫馨。它是心情愉快的源頭，人生幸福的起站。

不管家如何豪華、窮酸；也不論人生如何得意、潦倒，只要離家久了、遠了，即使遊子志得意滿必然會念家，浪子落魄狼狽當然更會想家。

不過，家有兩種，有形的外殼和無形的內涵。外殼可以是瓊樓玉宇，雕梁畫棟，也可能是環堵蕭然，不蔽風日。耀眼或殘破，一目了然。內涵則是家庭氛圍，也可稱為家庭文化，無形無相，無色無味，只能心領神會啦！

家的外殼大小、樣貌，有錢便能規畫實現；家的氛圍要讓家人如沐春風，眷戀不捨，卻須真心誠意付出，不然萬貫家財也裝潢不了。

這個教人魂牽夢縈，恨不能立馬奔回的家，與亮麗的外殼關係不大，純粹是因神往家中沁人心脾的溫馨。

家的可貴在於能容，容入情與愛。對任何惱人的衰事、苦事、難事，都能寬容、包容、容忍。

家，是犯錯不致受到惡意謾罵，有病痛必蒙貼心關懷；快樂時，舉家同慶，共享溫馨；苦難時，相互慰藉，和衷共濟，共思對策的地方。

家，總是瀰漫著濃情蜜意，永遠教兒女念念難忘，戀戀不捨。家是避風港，是安樂窩，是健身房，甚至是復健室。

*

五十年代，我家真正是寒舍，是登記有案的三級貧民戶，無田無產，兄弟姊妹一串。能念書的，不是念公費的師範，就是免費的警察學校，不然就當徒弟學手藝。偏偏小妹考上私立大學，喜事立即變調，整天愁容滿面。內子——小妹的三嫂，卻鼓勵小妹註冊就讀。她大器的說：「我們供妳直到畢業，沒問題！妳只管負責拿到畢業證書就好了。」

大哥於國小畢業後，體諒家境困難，放棄升學，願當黑手，跟父親學習修理腳踏車技術，充當父親的助手，直到成人長大，甚至結婚生子。除了服兵役，一輩子都待在家，和父親一起努力撐起寒酸的家。

我長年為痛風所苦，大哥聽說用熟茶燉青木瓜可治癒痛風，於是不管溽暑、寒冬，得空便踩著單車到處尋尋覓覓，採野生木瓜連同熟茶熬好，要我飲用，希望能緩解我的病痛。從小我就愛吃內埔家鄉的豆腐，結婚後，搬到屏東居住，不容易吃到了，但大哥得便到屏東時，總會順便捎來一盒豆腐，豆腐便宜啦，但吃豆腐我最有感，聞到的是大哥那關懷兄弟的濃情厚誼，教我惦念難忘。

大哥書讀得少，對家人卻面面俱到，對父母孝順，對兄弟友愛，對家任勞任怨。大哥的綽號是「馬仔」，竟然真的為家做牛做馬。

么妹就讀東吳大學時罹患尿道結石，父親搭客車，乘火車，轉夜車，從屏東鄉下前往台北，輾轉前往士林，抵達女生宿舍，把親自熬製的化石藥水，交給么妹，千叮嚀，萬囑咐，注意安全，照顧身體。么妹請假專程送父親前往車站，父親匆匆忙忙又趕回家工作，再繼續為窮困的家打拚。么妹為了回報家人，只有勤奮苦讀，每學期都名列前茅，免繳學費，既不能賺錢，便努力為家省錢。

姑嫂扶持，手足情深，父女連心，家雖窮，室雖陋，卻容入了濃濃的天倫親情，是家人用體諒、愛心、真情營造了溫馨的家庭氛圍，彌足珍貴啊！

＊

寒舍破落有餘，堅固不足，就是不缺親情，家雖清貧，情卻濃郁。

家如果是一座盆景，盆子便是房子，盆子可以是古拙質樸，也可能是豪華耀眼。盆子中的樹、花則是家人，是父母雙親，兄弟姊妹。老樹可能拙樸，奇花也許耀眼。沃土、陽光、雨水就是親情，是它滋潤了老樹，嬌豔了奇花，看似尋常無奇，其實珍貴無比。老樹奇花能生意盎然，那是果，根源卻是尋常無比，不見蹤影的親情。

原刊《六堆風雲》第二〇四期（一一〇年三月）

少小印象

算是彌補春節期間因疫情嚴峻不克回家過年，今（民一一一）年二二八連假日，兒子、媳婦由中壢專程回屏東團聚。

晚餐時，兒子感嘆的說：「老爹八十四了，以十二生肖論，算歷經七輪，是不是？」我回應說：「是啊！屬虎，今生第八個『福虎生風』啦！」

接著又問了一個有趣的問題：「老爹還能清楚記得的，最小時候的記憶是什麼？」我知道兒子的試題是：「此生年齡最小的時候，還記得清楚的是哪件事？試詳述之。」

這意外的問題，像在測試老頭兒腦袋是否還靈光，有無失智？我既快又明確的說：「記得啊！大概三歲吧！你祖母外出幹活，頭頂著大毛籣（按：竹篾編製的農具，狀如超大型的臉盆，手提不便，只能頭頂。）撿稻穗去了，留下我和弟弟倆在家。小兄弟倆見不到媽媽，悲從中來，不由自主的哭成一團啦！」這就是我小時候能清楚記得的，最古早的事情。

隨意提出的一個小問題，卻教我回憶起少小時，許多「最」有感的往事，細細冥想，慢慢回味，既溫馨有趣，也感傷無限，甚至愧疚不安。

最懷念的美食

是四歲吧！有一天傍晚，爸爸忙著敲敲打打，修理單車。這是爸爸養家活口的工作，我卻無所事事的閒晃著。媽媽端來一碗飯，就是一碗飯，什麼也沒有，像是炒完菜，順便摻些醬油、豬油炒的飯吧，要我先吃。這是此生有關吃食，能記得，最早的印象。這碗飯吃得津津有味，既滿意又滿足，覺得媽媽廚藝高明。

初中（按：民國五十七年起改制為國中）一年級，有一天，第四節課即將結束，往窗外一看，瞥見媽媽拎著飯盒，攜著三歲的阿銀小妹，就在教室外草坪上，一棵蓮霧樹下等候我下課。

遠遠的望去，看見阿銀有時揮揮手，偶爾抬抬腳，面對媽媽，指指點點的，母女倆似乎在聊天。這畫面靜裡有動，無聲似有聲，美妙極了！距今已七十年，竟然印象鮮明，迄今難忘。

下課了，衝出教室，飛奔而去，就是想融入那畫面。接著在陰涼的樹蔭下快樂的享用午飯。清楚記得飯、菜都還是溫熱的，飯盒裡只是酸菜、蘿蔔乾、煎蛋和地瓜葉，沒魚沒肉。這是我畢生難忘的午餐，原因是溫馨、好吃，吃得香，認為這是人間美味。

最難忘的綽號

自有記憶以來，就體認到我家窮得與眾不同。念小學時，腳下沒有鞋子，頭上沒帽子，腰部卻經常綁著一塊布巾，包裹課本、文具上學。鉛筆短到勉強套上毛筆套再寫，實在無法寫了，才能再買一支新鉛筆。

用來營生的瓦房和膳宿的茅屋，一南一北並列。兩座屋舍都用竹篾敷以石灰、碎稻稈、水泥作為牆，再隔成兩間。陋牆的上頭留個小洞，各掛著一盞六十燭光燈泡，夜間全家就僅用這兩個燈泡照明。家中做菜、盥洗、清潔用水，是媽媽從百公尺外的水井，一擔一擔，來來回回，挑回來的。

念小學時，從五年級開始，我有一個綽號：「烏印度」。原因是，嘴饞想吃肉，可是家窮，吃不到肉，買不起魚。於是假日、課餘就冒著烈日，到處打小鳥，釣青蛙。曬多了，比同學顯得更黝黑。這綽號當然不是讚美，半揶揄，半調侃吧！我坦然，認命、接受。反正鳥照打，蛙照釣，可以解饞就好，無懼大太陽，就是為一飽口腹之欲。

直到考上初中，「退休」了，不再打鳥、釣蛙。膚色稍退，失去「特色」，同學們幫我另取一個綽號：「阿吉仔」。這個綽號友善、親切，使用期三年。

最迷你的農場

我家房舍，原本一前一後兩座，各約十坪大，中間的空地是院子。前、後房舍各隔成兩間。前屋西側是腳踏車修理鋪，東側是臥室。後屋西側是房間，東側是廚房、餐廳，廚房北端再隔出小小浴室。家裡沒有廁所，小解較容易解決，大號只好自尋出路了。記得有一回，一腳踩空，整個人掉進糞坑裡，糞坑如再加一個人頭的深度，我勢必變成「小屎鬼」。這是我此生最「有味道」的回憶了。

稱院、鋪、房、廳、室，是為敘述方便，其實全是因陋就簡，不堪其陋啦！「寒舍」真正寒酸得僅僅是防風、避雨、遮陽而已。

中間的院子也約有十坪大。後來在東側勻出一小空地，搭成豬圈，媽媽竟養起豬來了。前屋西側與鄰居之間有狹長的小空間，也豢養家禽，前後養過雞、鵝和火雞。媽媽每天清理豬圈，及雞、鵝糞便，再挑到菜園施肥。記得是小四開始，每天下課便和二哥到姑媽家合力扛洗米水和廚餘回來做豬食。稍後我異想天開，挖個小洞洞，將釣來的青蛙養著，如此「農場」便多元化了。

剩下的空間不多了，除了曬衣，主要是媽媽將菜園所種的地瓜葉，一刀一刀細細的剁，做成豬食，於是成為豬食加工場了。

媽媽對家畜的處理是，大豬直接賣給豬商，家禽則逢年節偶爾「奢侈」一下外，多數是到市場擺攤。

媽媽是「農場」的董事長、總經理，也是職員、工人。買、養、賣所有業務獨力辦理。擺攤時還得照顧年幼的小妹。

記憶中的媽媽，大半人生就像陀螺般的不停的轉著、耗著。

最難過的後悔

考上初中，變成中學生了。上課時用打鳥專心，釣蛙專注的態度，全神上課。除了唱歌，竟然數學、英文、理化、作文，甚至體育樣樣行。每學期總成績不是第二，便是第三，就是沒拿過第一名。

初中畢業，報考屏東師範和潮州高中，都考上了，而且都是第一名錄取。兩個狀元，連我都意外，當然這是榮耀，值得高興。但總覺得有點僥倖，不該自滿。但媽媽好得意，一旦有述說機會，便為我宣揚，吹噓。似乎恨不得讓左鄰右舍，所有認識的人，都知道她有個優秀的兒子，這是窮人的一種虛榮吧！

可是我不樂意媽媽遇到熟人，碰到機會就嚷嚷，怪不好意思的。於是建議媽媽不要炫耀，沒想到二哥也認同我，甚至說重話：「別讓人笑話了。」

就讀屏師時，離開溫馨的家之後，想家更想念媽媽。覺得人人都望子成龍，媽媽因我而高興、快樂，有錯嗎？

等到升格做父親了，兒子高中畢業，經甄選獲保送清華大學。同事、朋友，談起這件得意事，我不也津津樂道，欲罷不能？這時才體會到當年媽媽的心情。

如今退休了，老了，某日，一位屏東大學老同事，跟我聊起近況，興奮的說，他的孫子高中畢業了，在美國已有七所一流大學接受他，包括哈佛、耶魯等名校。越說越得意，這情景跟當年母親誇我、讚我，多麼類似啊？祖父對孫子已是如此，母親對兒子豈不更殷切期待？想到這裡，不禁潸然淚下，太不懂事了，勞苦一生的媽媽，難得的快樂心情，我竟然狠心剝奪。

最分明的文盲

跟著媽媽到市場買菜，一眼瞧見糖果攤子，可興奮了。開口向媽媽要一毛錢。媽不給，任我哀求就是不理。情急之下竟脫口說道：「壞阿姆，阿姆壞。」我太小了，小到除了「壞」，還不知道其他罵人的詞彙。第一次罵人，竟然是罵媽媽，天啊！難怪忘不了。

民國四十九年，二十二歲，考上淡江文理學院（今淡江大學）。第一學期用自己的存款繳學費沒問題，第二學期就難了。家裡原本便窮，根本不可能供我讀私立大學。不得已建議向旗山外婆家求救。結果媽媽繃著臉，噙著淚水回來。原來那位沒血緣的親戚不屑地向媽媽說：「私立大學？給錢就可以入學啦！沒啥了不起，有本事就讀公立大學啊！」

媽媽幾乎是被轟回來的。最後向鄰居、熟人借貸，湊足了一千七百多元，勉強讓我讀完大一。

媽媽在我不懂事，不該給的時候，一毛不給；在我懂事，該給的時候，要多少給多少，甚至不惜捱罵、被辱，硬著頭皮借貸。媽媽的教育程度是：不識字。可是媽媽的忍功、耐力與愛心發揮得淋漓盡致，絕對是博士級。

最糟糕的是，媽媽究竟怎麼償還這筆借款，我竟然不聞不問。甚至到底有沒有償還？也沒有關心過。想想我這個教聖賢書的教授，面對親情的處理，看來比不識字的媽媽還不如，差太多了。這該是此生我最傷心、愧疚的事了！

＊

少小時的「回憶盒」，一經啟開，思緒紛飛，往事如絲似縷，盡是艱、辛、愁、苦，紮紮實實的纏著、繞著苦命的母親，也撩起我無邊無際的傷感、懷念、難堪、不安。

兒子不經意的一問，才幡然覺悟，虧欠母親太多，卻遺憾永遠無法償還、彌補，因為母親已辭世四十年了。

原刊《六堆雜誌》第二二一期（二一一年六月）

看見老

還沒很老以前，覺得「老」是很遙遠的事，也明白「老」是人生必然的過程，更了解「老」之後，必定常和「病」纏綿自由行。接著無可奈何「西遊記」去了。生老病死，人生公式，誰都知道，沒得選擇，無法避免。

年輕時，忙著工作、打拚，無閒體會「老」。十五年前，民國九十二年退休時，還不到六十五歲，自覺還年輕力壯，不是嗎？最近大陸領導人習近平還意氣風發，不惜修改國家大法，爭取永遠領導，活力十足的，六十五歲不老啦！

十五年後，今（民一〇七）年元旦算是八十歲啦，耄耋之齡，夠老了吧！請看，耋這個字，老至也，倒過來便是至老啦！果然今年感受到了，親眼看見「老」，而且頻頻看見「老態」如何「龍鍾」。

元旦這天，到高雄出席同事張教授女兒婚宴。找到座位，才坐下沒多久，忽然眼前左上方，飄來一層薄霧，模糊了視覺。直覺不對勁，心想如不是眼睛出問題，便是中風，是該看醫生吧！但假日哪裡有門診？我擔心：如是中風就應該立即看醫生。還好，「薄霧」沒有蔓延、擴散。腦袋、四肢也沒有不適，人好好的，就冒險等待吧！

第二天一早，看眼科醫師，醫師檢查後建議看神經內科，經斷層掃瞄判定是局部腦細胞壞死，影響視覺，果真是中風，此生第二次中風，距上次中風十八年。

我體型苗條，向來沒有三高問題，不菸不酒，作息正常，心緒平穩，中風條件不佳啊！但就是中風了。醫生說：心律不整之故。心律不整容易引起心房顫動，釋放血栓，堵在腦血管狹隘處，就造成中風，理論簡單。但十八年來一直相安無事啊！想通了，十八年不代表永遠。十八年前的血管和十八年後不大一樣吧！水管用了十八年還會完好如初嗎？這就是老化啊！因小角度的盲，輕微的瞎，竟讓我清楚看見了「老」，卻看得心慌意亂。

＊

內子是台師大國文系五十六年畢業，同學們多在教育界服務，退休後幾乎年年舉辦同學會。我則同校同系卻早他們兩年畢業，也以眷屬、學長身分與會。因為她班上幾位同學在校時與我本來就相識，我們是系排球、籃球隊員，甚至同住一間宿舍，一起瞎掰，一同鬼話。大家都熟得不得了，所以老婆的同學會，也像是我的同學會。

每次同學會出席的人數都相當踴躍，總有二十人左右吧！接近半數了。可是最近幾年來，人數慢慢減少了。今（民一〇七）年三月十二日在台北舉辦，遊陽明山、新北投、台大校園。同學們攜眷參加是很尋常的，我就是被攜的眷屬啊！可是這次發現年年都出席的班長何君，這回缺席了，據說是不良於行，不便參加。此外竟有兩位純粹以眷屬身分參加，主角反而缺席了。原來韓太太和高先生的牽手「失牽」了，分別代表另一半參加同學會。他們兩位都知道，她的老公，他的老婆，向來不缺席同學會，於是帶著半是悲傷，半是歡欣的複雜心情參加。

在竹子湖吃完午餐，只見高先生提著一包塑膠袋，裝著海芋說是帶回去培植。聊著聊著，竟聊起失去妻子後的生活，他說：「內子走後，我便一個人找一塊地種菜。整地時，偶然碰到頑石挖不開，便敲敲石頭，對著石頭說說話，碎碎念，既打發時間，也排解孤寂。」他無人訴衷腸，卻有處話淒涼，可領會到他有多麼不捨，多麼無奈？跟他聊聊，似乎看到他那美麗、溫柔、才華橫溢的夫人。其實真正看見的是「老」，老班長何君不能出席，不也就是因為「老」？

回頭再看看身邊最熟悉的老友、同事，也教人看得心驚膽跳。

黃君是老同學了，不多久以前還看到在屏東大學美麗的校園散步，步履略微蹣跚，但還算行動自如、穩健。一個月後，再見他散步，卻拄著拐杖，須孩子陪伴，因為步履不穩了。再稍後，竟變成白天送照護中心，晚上再接回家照顧，顯然自主能力不足了。接著，據說大小便失禁。跟著又聽說摔一跤，小中風，住院了。快速的老化節奏，簡直教人喘不過氣來。

同事高老師，原是一位才氣橫溢的畫家，一年前中風了，人瘦得仙風道骨，但尚能自在行走。不多久，走不動了，改坐輪椅，需外傭照顧。有一天在屏大校園悠閒賞景，卻見他插了鼻胃管，掛著尿袋。看到老同事變得如此狼狽，真不知該如何應對？如今又升級了，改坐為躺，因為臥床了！

另一位同事陳教授，一位嚴謹正直，認真負責的好老師。退休後自在生活，婦唱夫隨，鶼鰈情深，但性格內向，少和朋友聯誼。偶然不期而遇，打打招呼，聊聊天，看來都還正常。可是有一天與他夫婦倆相遇，竟然怯生生的躲在夫人後側。經夫人「介紹」後，他才微微笑，也不說話，顯得靦腆、生分。原來得了不是中風的老人病——失智了！

朋友侯君是素食者，是中醫師，比我年輕，常教我們如何養生，但兩年前中風了，還能說話，只是步履不大穩，也常在屏大校園散步，偶然相遇，還能主動跟我聊上幾句。不久再見時，僅能碎步走，卻快不來。半年後，竟然坐輪椅，見到熟人表情木然，不苟言笑，完全失去往日的友善熱情。照顧他的外傭，指著自己的腦袋，對我示意，暗示他失智了。再六個月吧！到他府上行拜別禮。這個世界，又少一個朋友了。

＊

天啊！老人的生態有點像縮時影片，變化之速，令人目不暇給；改變之大，教人心慌意亂。老人的二十四小時，難不成跟年輕人的二十四小時，不一般？

上帝創造人類顯然並不特別優待，人生最後一截，竟然活得那麼艱難、不堪。

原刊《六堆雜誌》第一八七期（一〇七年六月）

這是啥字啊？

這是一〇八年春節前，於寒舍家聚時發生的一件趣事。

二月二日，女兒一家大小四口，兒子一家二口，都回來了，提早團聚過春節，還有在北部大學教書的老鄰居胡教授夫婦三口，再加上夫婦兩老，擠在一起，竟有十一人之多。還好都是老人、成人，最小的外孫女葳葳，也都高一了。所以家裡一時人多，但熱而不鬧啦！

造成擁擠卻安詳現象的原因是：兒子原本建議春節到中壢他家過，在台中的女兒家人，也一起到北部團聚，都不回屏東過年了。房子就讓給熱愛在屏東過冬的胡教授家人，算是請她幫忙看房子吧！胡教授向來怕冷，冬天就是喜歡到屏東避寒，再說她娘家在屏東，而且就在我家附近，很方便跟家人團聚，她樂意，我放心。

誰知兒、女竟然臨時變卦，決定還是先回屏東團聚，然後再到中壢過年。但胡教授夫婦帶著兒子已經住進來了，也不能叫兒子、女兒不要回來啊！於是湊合湊合，熱鬧總

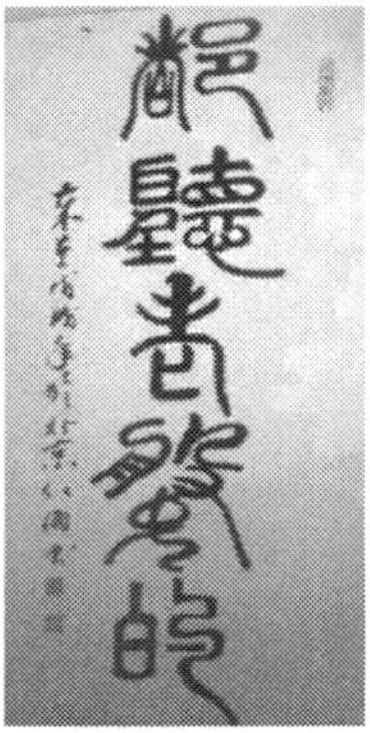

比冷清要好些吧！結果還多虧因為人多而解決了一個有趣的問題。

二月二日上午，忽然接到一通電話，是學生李君因豬年春節即將來臨，提早問候致意，接著提出一個問題，說求教於我。

原來李君日前在大陸北京旅遊時，朋友送他一幅「字畫」。李君說：「這位朋友說，字畫裡的五個字是勉勵我，也希望我切實遵行，至於寫啥？要我自行研究！我研究過了，似懂非懂，無法確定，可不可以請老師說明這五個字是啥？」

李君要我打開「賴」看看。果真有一幅「字畫」，其字還真如畫一般哩！五個大字，是小篆。李君學的是食品餐飲，當然不容易看懂這個二千多年前秦始皇統一天下以後，推動書同文的標準字體。所以只好求教我這個國文老師。

小篆的特色是，從起筆到收筆，筆畫固定，從一而終，而且圓頭圓尾，沒大沒小，無撇無捺，整齊得像畫出來的，也美得像一幅畫（所以說字畫啊！），如素養不足，看小篆便像看天書一般。就拿我來說吧！初看這五個字，也僅認得二點二五個字。

第二和第三這兩個字，是「聽」、是「老」我認得。第四個字最複雜，看起來好像上、下兩個字組合而成的合體字，而上半又是左、右組合的合體字。這是啥字？一時看不懂，不知道是啥？至於下半顯然是獨體文（按：合體是字，獨體是文），這個「文」，卻在識與不識之間，但肯定如果不是「女」，便是「虫」，這算是「一知半解」吧！所以第四字，勉強算認得四分之一，就是零點二五啦！（一笑！）其餘第一和第五這兩個字，就得慢慢研究了。

意外的是，李君卻在「賴」上自行解說：這五個字「精聽青聲皓」是不是說：「聽了精采的佛經教義的演說後，心中有所得，便如明月般開朗澄澈的意思？」顯然他只看懂一個「聽」字。

嚴格說來，我也大半不識，僅識得小小半。於是只好認輸，發布消息讓家人一起研究，好盡早答覆，免得讓李君帶著一個問號過年。

我家老婆大人也是大學國文教師。女兒留英，在大學時也是中文系學生。媳婦是台大電機博士，目前是國立大學光電教授，對小篆了解有限，但用電腦是一流高手，對查詢工作幫助很大。胡教授是國立大學心理學教授，對文字學未必內行，也熱心的跟念高一的小孫女葳葳加入研究團隊，一起「猜謎」，算是春節遊戲吧！

上午研究小半天不得其解，再「賴」師大五四級國文系甲班同學，包括國學大師曾昭旭、哲學大師王邦雄，請求協助，意在速戰速決，盡速答覆。

中午，兒子、媳婦與夫婦倆擱下問題，當起韓粉，在小餐廳趕時髦，吃完滷肉飯，參觀熱博展。傍晚回到家，繼續研究學生李君交付的作業。

首先打開「賴」，看看師大同學及大師們，是否有回音，結果是已讀不回，有的還只打個？號，好像說：我問誰啊！

求人不如求己，再接再厲，慢慢研究吧！媳婦用手機查出小篆與漢字對照表，發現「壽」和「邑」的合體字，其小篆字型與「字畫」中第一個字極為相似，但這是啥字呢？字典上也查不到這個字啊！女兒用電腦一查，竟然有這個字，音同勝，一音成，是河名也是地名，道地的專有名詞，沒有其他意義。那這個字跟聽字連讀有啥意義呢？顯然此字並非答案。於是清查所有部首是邑的字，很快得到答案，原來第一個字是「都」字。「都、聽」連讀有意義了，但下面呢？

如法炮製，第五個字很快查出，原來是「的」字。「都聽老?的」連讀起來像話了，就剩下第四個字啦！

這第四個字，跟最後一個「的」字，都是合體字，只是「的」是左右合，而第四字則是上下合，但上半又是左右合，比第五個字更複雜、難搞。但究竟是啥字啊！憑直覺第四字的下半，經查確定是「女」部，我一直說下半部首是「女」字啦！上半是啥啊！唸著、唸著「都聽老?的」，而第四字肯定是一個屬於「女」部的字，忽然外孫女葳葳說：「都聽老婆的」，哇！大家哄然大笑，這話有意思啦！經查果真是。只是這個「婆」字寫得有點變形，難怪李君會誤認為是「聲」字。

接著即刻回覆李君，及師大同學，大師曾昭旭說：「對啦！」屏大黃瑞枝教授說：「吉雄厲害！」李君則說：「恐怖啊，差好大啊！」

原刊《六堆雜誌》第一九二期（一〇八年四月）

奇言妙語

人類因為有文字而偉大，人生因為能語言而精采；偉大自當珍惜，持續發揚；精采則豐富了人情，滋潤了生命，應當分享。

有人可能一輩子不曾寫過一篇文章、一封書信，除了啞巴卻很難一天不說一句話。文字可能隔著無垠無涯的時空，溝通思想，傳承智慧，交流經驗；語言必然是面對面，就地聲通氣應，耳提面命，相濡以沫，所以語言比文字更貼近人生，更實用人間。

今生所說的話千千萬萬，聽到的話萬萬千千；有些話說了就忘，有些話聽後卻刻骨銘心，發人深省，甚至可導航人生，圓滿天命。

戲言成真

黃洋，是就讀屏東師範（今屏東大學）時的同學，一〇二年開始住進安養院，那時七十六歲，由舉步維艱，住到輾轉床笫。一〇六年秋，幾位同班同學由班長邱維河君帶領前往探望。只見黃洋不言不語，不理不睬，面無表情。任邱維河說東道西，逗來逗去，就是沒反應。老同學臥床了，癱瘓了，幾乎就是植物人。

我們五位同學，大家好手好腳，行動自如，甚至開車都行。回程邱維河開玩笑說：「別看他這般狀況喔，搞不好，我走了，他還窩在安養院裡呢！」大家笑笑，誰敢保證？人生難說啊！

事實是，今（民一〇八）年初，邱維河兄往生了！而癱瘓在床的黃洋還真的癱著。當時的玩笑語，竟不幸言中。樣子跟裡子是兩碼事，生命難說啊！人生只有盡心過，努力活吧！至於結果，老天決定啦！

一語成讖

一〇七年九月間，同學邱維河兄跌傷，經三次手術，吃了不少苦，最後勉強算成功。復健期間，雙腳無力，須坐輪椅，但健談依舊。某日，四位同學文雄、龍清、彩榮、我及三位夫人專程探望。維河算是大病一場後，首次見老同學，格外開心。大家都七老八十了，再聚再敘，開心啊！聊不多久，維河兄忽然興奮的說道：「今天高興，還能跟老同學見面聊聊，心想再不見面，怕就沒機會了。」看他那麼開心、樂觀，我心想，相信他心裡一定這麼想：「往後日子其實還長啦！」

兩個多月後，接到維河兄女兒的電話：「爸爸走了！」

誰料到，那次探望就是我們和維河兄最後一次見面；誰想到，那回所說的話，就是此生訣別語。意外啊！維河兄的玩笑語，竟一語成讖。

百萬箴言

四十六年夏，從屏東師範（今屏東大學）畢業，畢業前校長張效良先生照例到各畢業班，講授畢業後三大課題——婚姻、升學、服務。對婚姻他這樣告誡我們：「結婚關係一生幸福與否，是人生至大至重之事，千萬不能草率。」接著風趣的說：「婚姻不講門當戶對，既沒規矩，也無尺寸，什麼高、帥、富啦！什麼嬌、慧、美啊！都不是重點。但務必注意個性、品行、談吐是否合宜？合宜即合適，合適是唯一要件。」

這話輕述淡說，卻影響我至深至遠。此生不但結婚，凡待人、接物、執公、處私，全心顧慮只求是否合適、得當？合適即全力以赴，不當便擱置不理，或設法調適。反省今昔，人生已過八旬，雖無大成，也無大過；雖平凡，卻也平實，這應歸源於恩師百萬箴言的啟示吧！

傷心感言

五十八年結婚，同年夏夫婦倆蒙張效良校長聘任回母校屏東師專（今屏東大學）服務。六十三年，內子父母、外婆由香港來台同住。家父、母則在故鄉內埔由大哥照顧。

六十一年夏張校長退休。七十一年春母親辭世，銜哀辦完喪事，同年夏恩師郭惠民老師往生，正協助師母籌辦喪事。不料三天後，高齡九十九的內子外婆竟無疾而終，轉而忙辦自家喪事，更意外的是，半個月後岳父跟著走了。

稍後某日，探望張校長，蒙垂詢近況，告以詳情。校長感慨說道：「哎呀！不可思議啊！竟然短短半年內走了至親、長輩、恩師，一共四位，情何以堪啊！」

校長是對我同情、為我感傷。事實是，母親辭世後，我便罹患慢性胃炎，整整吃了兩年的中、西藥，傷心即傷身啊！孰料，校長的同情感慨語，言猶在耳，竟然也在同年十月三十日辭世，「情何以堪」再添一樁。

民國七十一年，一年之內，其實是十個月，我失去此生中最該感恩、感謝、感念的至親、至敬、至愛的五位親、師長輩。

美言可貴

一〇四年，七十七歲啦！因為中耳炎，耳膜洞開，水流不止，苦不堪言。外甥三山推薦前往台中中國醫藥大學附屬醫院開刀。

開刀前一日住進醫院，再次到耳科診察室檢查，兩位年輕醫師一男一女，尤其是女醫師年輕、稍胖，看起來像是實習醫師，我則由內子、女兒陪同受檢。男醫師詢問發病過程、實況，再察看耳膜，好像術前驗明正身似的。

檢查完畢，兩位醫師客氣的送我們離開診察室。隱約間聽到兩位醫師唧唧咕咕，我聽力早已受損，耳膜又破洞，實在聽不清楚。老婆卻悄悄的告訴我說：「女醫師說的，你好帥啦！」這意外的神來一語，先是愕然，心想：「哦！我還帥？」接著恍然悟到：「原來老頭兒還有資格可以好帥啊！」

觀念中，七十已是古稀老人，頭臉一派「雞皮鶴髮」，行走顯現「舉足輕重」，樣貌更是「沉魚落雁」（魚雁見到都驚慌啦！），狼狽樣很難融入別人的眼眸裡啦！何況我已七十七了，竟然還可以帥？這不是意外，什麼才是意外？

如今八十一高齡，老病不休，卻不嗟不怨的過日，平靜平實的活著，想了想，跟那位年輕女醫師意外的美言有關吧！原來美言讚語有益身心，有助健康，何其神奇！奉勸諸「老」友，快樂生活，信心過日，因為你還帥啦！

可愛童言

這是十五年前的故事了。如今這故事中的小娃兒，已是大二生了。一個算是晚輩朋友，政大胡教授，她有個七歲的兒子叫偉平，原在台北上小學。因身體過敏不適應台北的髒、溼空氣，特轉來屏東寄讀附小，就住在外婆家，得空偶爾也會到舍下串門子。一日中午，放學逕自前來舍下，我跟內子正進用午餐，便邀他一起用膳。小娃兒也大方坐下用飯，記得當時四道菜，主菜是內子研發的糖醋豬腳，特別可口。小娃兒吃得津津有味，讚不絕口，竟說道：「公公！你天天都這樣配好菜吃啊！好幸福喔！」一副無盡感慨，無限羨慕樣，相信是真心話。

這娃兒不是聰明，就是鬼靈精，童言童語，隨口道來，自自然然，毫不矯情，卻中肯中聽，竟教我銘記在心，不敢或忘。連小娃兒都說我幸福啦，我能不珍惜嗎？迄今不敢遠離幸福，努力的活著，這確實拜小娃兒可愛的讚美之賜。

*

六則微言偶語，有師長道，有同儕語，或醫生說，或童子言；全是脫口而出，本來就是有感而發，就事論事，既無寓意，也非弦外音，更沒說教意思。但聽者我，心領神會，觸類旁思，體會了生命的意義，尋思著人生應有的態度。說者無心，聽者謹記深省，反而受惠良多。

原刊《六堆雜誌》第一九六期（二〇〇八年十二月）

無處不風華

寒舍位在屏東大學民生與屏師兩校區之間的福田巷，兩個校區也被殺蛇溪隔離，是以寒舍瀕臨殺蛇溪，但離溪邊還有五、六十公尺。據風水學說法，住溪邊不見溪水，聞水聲不見水色，即能留住平順，那便是風水寶地。

四十多年了，一直少有不稱心的事發生，感受到福田巷真的是福田寶地。

民生與屏師兩校區老樹蔥蘢，曲徑通幽，水清木華，清新優雅，就像兩座精緻脫俗的公園。夫婦倆每天晨、昏，前往晨運或漫步，既方便又愜意，這已是夫妻日常生活固定模式。

今（民一〇九）年春，由於新冠肺炎肆虐，驚動全球，兩校區因此封校，禁止一般閒散人出入。為了穩住「老」，夫婦倆健身活動，只好另覓適當地點了。

我規畫了四條路線，以出發起步方向區分，分別命名為東線、西線、南線、北線，全部繞圈走，不走回頭路。

東線是朝東出發，繞到演藝廳、屏東大學民生校區，順民生路沿殺蛇溪走回來，費時約一個小時。西線是朝西出發，緊靠林森路屏師校區走，再朝南走民教路，到屏大游泳池轉個彎進入民安路，經圓音精舍，步入屋舍綿密，行人稀少，彎彎拐拐的民榮、民信街，最後折向北沿殺蛇溪回到家，幾乎是繞屏師校區而走，費時大約半個小時。南線其實就是西線，只是反方向而行罷了。至於北線則是朝北順著林森路二巷越過林森路東段、東二段、東三段、東四段、東五段，曲曲折折，輾轉朝西步入民學路，抵屏榮高中，再朝南沿水源街、林森路回到福田巷。基本上北線就是繞屏東水廠而走，費時也是半小時。每天早、晚任選一路線繞圈圈。

今年已屆八十三高齡，因為腰椎三、四節脫垂厲害，四、五節擠壓嚴重，兩腳常感痠、痛、痲、無力。始終不敢接受醫生建議開刀根治，經久時日，益發嚴重。為安全計，散步時一手持拐杖，一手緊握老婆手腕，平穩而緩慢行走。路人看了，有人感慨，有人「感冒」；有人說：「相互相持，令人羨慕啊！」也有人說：「我想牽手，可是老婆不讓牽哩！」分不清是衷心讚美，還是委婉諷刺，但老骨頭是我的，行得安穩卡要緊，所以還是「我行我素」吧！

自造的「風景」既不能目睹，當然無從評論，但感受得到，舉足輕重，步履蹣跚，必定優雅不了。重要的是：早晚各走一圈，不管東或西線，南或北線，夫婦倆倒實實在在欣賞了幾個自然風景，真正心靈神會，感受深刻。

水廠除了東側，其餘北、西、南三面都鋪設行人步道，並加美化，盡植會開花的樹，能結果的木。粉紅的風鈴木，嫣紅的花旗木，已招搖過氣，如今鳳凰木初綻幾團紅，天藍的蘭花楹正搔首擺姿，橘黃如指尖的天堂鳥正熱情誇張的綻放，最叫人垂涎欲滴的是綴滿枝葉間的串串芒果，累累如青色雞蛋，煞是搶眼。圍牆上的爬牆虎盡情的自由漫畫，從步道中瞧去，滿眼彩繪，亮麗可愛。但往牆內深處探索，卻見雜草綿綿，古井處處，水管交錯，一派老樹參天，一片綠油油，濃蔭蔭的，就像遺世獨立的神祕雨林。牆外遊人絡繹不絕，車水馬龍；牆內荒涼蕭瑟，不見人影，這可是屏東市區啊！牆裡牆外，風情殊異。如果這是畫，可取名為「荒涼與文明」，也可以叫做「陰鬱與亮麗」。

大概是下午五點鐘吧！從屏榮高中校門，一部部坐滿學子，淡黃淺綠色屏東客運大巴，蜂湧而出，校門口便是丁字路口，車子就分由三個方向開出，有往高樹、泰山，有往長治、繁華，有往東港、萬丹，甚至萬巒、赤山，九如、里港。哇！好壯觀啊！屏榮高中竟然像客運總站，夫婦兩老快樂得像五、六歲的小娃兒，被感動得駐足而觀。假如這是畫，可取名「邁向前途」，也可以叫做「殊途同歸」。

其實景觀最生動的是東、西線及南線必經的殺蛇溪。自光榮橋到民榮橋這一小段，約二百公尺，大致呈緩彎而修長的S形，在清晨微曦時刻最美，兩側居民在溪堤岸邊種植奇花異草，甚至蔬菜水果，路邊成了花園、菜園、果園。溪流潺潺，水草悠悠，可以目睹游魚、烏龜、白鷺鷥、夜鷺、麻鷺甚至翠鳥。但最大族群是賞心悅目，俗名叫水駕令的紅冠水雞。哇！這裡真像是一個溼地公園。

有一天傍晚，走南線，照例先看溪邊紅冠水雞窩巢，母水雞性羞澀，高警覺，剛聞人語，便離巢。只見窩裡已有一隻毛絨絨的雛水雞，那是前一天已孵出的雛水雞，旁側卻躺著一個完好的帶紅斑的水雞蛋。再仔細瞧瞧，忽然裂出一道黑色裂痕，痕跡竟慢慢擴大，接著眼睜睜的看著一個小黑毛團，倏地脫殼而出，毛小弟出生了。天啊！奇遇！恭喜皇天后土，多一隻小水雞。假如這是一幅畫，就叫「誕生」，也可叫「奇遇」。

更有一回，眼看一隻紅冠水雞，嘴裡叼著食物，神色匆匆的走過攔水壩，再急忙忙的轉入隱藏在草叢中的窩巢，原來急著回來餵食雛水雞。這畫面多令人感動啊！這畫面，可叫「呵護」，或叫做「親情」。

清晨六點多，在民榮與民信街的丁字路口，經常有三隻貓，各據一方，悠閒自在，似乎是期待，也像在盼望，其實就是等待一位女士前來餵食，這位女士純粹出於愛心，每天定時前來餵食。

再繞到民教路屏師校區西側音樂館後方，經常看到一位坐輪椅的老嫗隨手一灑，斑鳩、八哥、麻雀、樹雀，從屋頂、樹梢俯衝而下，群鳥匯聚，盡情啄食。老婦由外傭推著輪椅繼續「散步」離去，留下夫婦倆開心的賞鳥。這畫面一再重複，餵食的好心，旁觀的開心。這幅畫，可以叫做「灑愛」，或者叫「關懷」。

人，有眼睛真好，可以看盡人間萬象；有心情更好，可以領會大地風華，體會什麼叫做真心、善意、美景？所謂「萬物靜觀皆自得」，同樣「凡事靜思必自在」，結果是你領會到什麼，就決定你會得到什麼。

原刊《六堆雜誌》第一九九期（一〇九年六月）

眼鏡遺失記

一〇四年，七十七歲時白內障術後，配了一副眼鏡，從此和先前配好的助聽器、活動假牙，成為我身上三個重要配件。常跟朋友說笑：「我一身，盡是假貨，只有心臟是真品，真心啦！」其實向來便患心律不整，曾因此中風，甚至失聰，所以說起來「心」也不怎麼好啦！

白內障術後，視力尚佳，但看電視、開車、騎車、戶外散步，看遠的、大的場景，一定佩戴上眼鏡，在室內或看書、閱報，敲鍵盤、撥手機等小場面，便卸下，於是形成時戴、時卸的情況。

為避開吃飽倒頭就睡的壞習慣，通常是先看一段電視新聞，再午休。今天一如往常，用過午餐，隨即朝茶几索取眼鏡。但就是沒找到，再到書房電腦桌上也找不到，往第三順位餐桌，第四順位床頭櫃，甚至梳妝台、衛生間也遍尋不著。到室外庭院、汽車、機車翻遍，就是不見蹤影。

老婆見我尋尋覓覓，心慌意亂，也跟著手忙腳亂，翻翻找找。小小一副黑膠框，兩小片膠玻璃組成的眼鏡，僅值二千七百元的小東西，不是什麼珍寶，卻搞得我方寸大亂，焦躁不安，也連累老婆跟著窮緊張。最後認了，既然遍找不著，乾脆新聞不看了，午休吧！

這般心情，以過去的經驗，不敢奢望能好睡。可是就這麼意外，睡著了，而且還做了夢，不可思議的竟然夢到眼鏡就在階梯上。荒唐啊！我怎麼會把眼鏡放在階梯上呢！我不知道這夢是否意味：「別做夢啦，徒勞無功！」還是暗示：「尚有指望，仍須努力！」不過既然睡飽了，精神煥發，而且夢裡現蹤影，那就再接再厲，再找看看吧！

這下多一分冷靜，可以好好的思考、研判。

顯然這是一場無主謀、沒惡意的另類綁架，我必須改變因應心態。午休前一陣手忙腳亂，死纏爛打，一場瘋狂搜索，徒然無功，可以確定這小東西不在家裡啦！也證明毫無章法，抄家一般的胡亂找尋無濟於事。所以必須冷靜下來，該像警察辦案一般，冷靜思考、理性分析、找尋線索。判定這不珍貴但重要得不可須臾離的小東西，必然流浪在外，但外面是哪裡啊？

很清楚，今天上午只去一個地方，騎機車載老婆上東市場買菜。去程和返程同一路線。老婆買菜時，我在巷子裡，一個麵粉攤旁邊停車撥弄手機等候，老婆買好菜後，再循原路線回家。很明顯的，這小傢伙如果不是掉在往市場和回家的路上，便是掉在市場，小巷裡，麵粉攤邊。目標敲定在機車往返的路上和停車的一個定點上。範圍縮小了，再思索一些細節，覺得最可能掉在那個點──小巷、麵粉攤邊。

因為：跟往常不同的是，這回心血來潮，刻意帶手機，可以在等候中玩玩手機，殺殺時間！既然看手機，必然卸下眼鏡，因為看書報、滑手機、打電腦，戴著眼鏡對我來說反而礙事。研判很可能就在這時卸下眼鏡，沒有處理好，掉地而不自知吧！終於知道該怎麼做了。

明知這是沒希望的，出門前刻意往階梯瞄一眼，巴望能意外「美夢成真」，那就省事了。最後還是騎上機車，以最緩慢的速度，沿上午走過的路線緩慢的騎著，仔細的搜尋，因為有可能掉在路上啊！

此時，午後時刻，人稀車疏，豔陽高照，就我一個人，孤伶伶的單騎，傻呼呼的掃瞄，一種莫名的寂寞與無助感油然而生。深刻反省，只因一個疏忽，就得乖乖自動接受這個不知是懲罰還是教訓的折磨？

一路騎車平安，但眼鏡「無影」。直到彎進市場小巷，來到上午停車等候老婆的熟悉的麵粉攤邊，驀然發現那小東西竟安然的躺在牆腳。剎那間，既驚又喜。教訓也好，懲罰也罷，都接受啦！竟快樂得自覺英明——辦案成功。

我發現，眼鏡架摺得好好的，而且端正的放在牆腳，看來安全、平穩，顯然有人發現，好心的摺疊好，再擺放在安全的位置上。我想，如是原封不動，這小東西一定不平整，還可能四腳朝天，橫七豎八，狼狽的躺在距離牆腳最少有半公尺處。說不定被機車、單車壓壞，或被行人踢走甚至踩破。眼前所見，小傢伙卻是那麼悠閒安詳。這遺失現場，場景顯然被加工過，但看得我心花怒放，也感慨良深，因為，我遇到此生不可能見到的好心人，我要感謝，卻不知要向誰道謝，就向善良的人性鞠躬致謝吧！

生活如此這般，有時烏雲密布，一肚子沉悶，冰涼涼的；偶爾雨過天青，滿腦袋清澈，暖呼呼的。人生不也如此，譬如日有陰陽，月有盈虧，人有離合，心有得失！

原刊《六堆雜誌》第二〇三期（一一〇年二月）

老婆的遠距教學

今天打開筆電，終於可以上網了，真好！感謝接近八旬高齡的老妻，竟然在兒子實施遠距教學之下，完成了我認為不可能的任務。

前天，老妻一如往日，忙完早餐及家常瑣事後，到二樓上網去了。不多久，情況異常，上不了網，顯然有問題，於是電請救兵。中華電信即時派員前來處理，檢查結果認為網路正常，只是無線發射器老舊，不堪用了。隨即在主機盒與筆電間接上一線，輸入密碼就解決了。但沒有無線發射器，在一樓我的筆電還是無法上網。

師傅建議重新購買無線發射器，但這不在他服務範圍，必須自行或另請專人處理。我已是八旬老人，老妻也已七十九高齡了，兩老目前是會使用電腦沒錯，但論「電腦學歷」，老妻在任教時兼任行政工作，參加過電腦研習營，功力還行，大概有「初中」程度吧！我雖也兼任行政工作，但疏懶成性，從不曾上過任何一堂電腦課，基本工夫是偶爾向工讀生討教，或零星向兒子學步，沒有學歷啦！連中輟生也不是。所以要組裝無線發射器，對我來說毫無概念，對老妻也沒有信心。

於是問問在國立大學任教光電工程的兒子意見，他同意依師傅建議新購無線發射器，他會設法遠距組裝。

記得兒子在國小五年級時，民國七十年左右吧！那時台灣開始「流行」電腦，內子有遠見，不願兒子輸在起跑點，帶著兒子參觀電腦展，甚至徵得兒子意願後，立即訂購一台電腦，再請家教教孩子趕時髦、學電腦。這是此生夫婦倆首次購買電腦，此後即使有再買，三買，都是應兒子要求購買，也全是兒子在使用。因為兒子對電腦興趣濃厚，電腦老舊了，不堪用了，夫婦倆就花錢配合。

兒子的「電腦學歷」，越來越高，夫婦倆則是教學年資越來越深，可是電腦實在不是夫婦倆的長項，老妻還行，還「有用」，我則幾乎「沒用」。退休後，才有較多時間接觸電腦，不過最多就是寫寫稿，上上網，查查資料，變成殺時間的工具。雖然電腦也用過好幾台，但多數是兒子購買，原因是兒子怕老爸、老媽落伍，有心協助兩老跟上時代。

這次被迫趕新潮，購買無線發射器，算是夫婦倆生平首次為自己購買電腦相關器材了！

燦坤店員很快遞來一個淺藍色紙箱，看看標示「Wi-Fi路由器」幾個中英文粗體字，哦！原來無線發射器的正名竟是「歪壞陸游氣」呀，見識啦！

店員看我夫婦倆，步履蹣跚，華髮滿頭，肯定認為兩老不可能組裝這個時髦玩意兒。他說裝設發射器不容易唷！還得在電腦中設定，很麻煩的，直說：「你們恐怕無法組裝啦！」並說如果請專人裝設，恐怕要價二千元。天！路由器才一千零九十元呢！我請他組裝，他卻說不方便，走不開。怪事真多，竟然有花錢的不是。但，我們決定買了再說！

記得在寒舍附近有一家電腦維修店，建議老妻乾脆請老闆組裝，就花一點小錢，買個方便吧！年輕的老闆倒也熱心，侃侃而談，他說電腦這東西發展實在太快了，日新月異的，自認很努力了也跟不上，現在他已不幹這行了，目前也已改行上班，做朝九晚五的工作。最後好心建議我們請中華電信裝設無線和有線網路切換器好了，並把「歪壞陸游氣」退掉。

回到家，老妻立刻跟遠在中壢的兒子聯繫，說明不美不妙的遭遇，兒子卻輕描淡寫的回應：「沒有那麼麻煩啦！」並說可以和同校服務，同樣任教光電工程的媳婦，一起用遠距教學方式幫我們處理，不用擔心。

於是兩位年輕的理工科教授，以新潮的遠距教學教導一位老太婆組裝「歪壞陸游氣」。

首先要老妻立刻把新購的路由器包裝紙盒拆開，找出說明書，用手機將紙盒封面及安裝手冊程序拍下傳給他。

老妻立即將圖型分成幾塊，拍成六張照片傳過去。然後用視訊跟兒子通話，一切聽兒子吩咐，一個命令一個動作。

首先按照圖中指示安插電源，同時察看視訊是否位置正確。於是老妻一面看安裝說明書，一面傳手機視訊給兒子，直到兒子與媳婦說正確為止。

摸東摸西，弄這弄那的，老妻忙來忙去，已搞得一頭一臉，汗出如漿，直說從沒有那麼努力流汗過。忽然，媳婦來電說，傳過去的說明資料不齊全，認為說明書的背面應該還有資料，還得將背面資料用手機攝影，再傳給他們。

兒子、媳婦看完所有資料後，來電說，開始作業了。必須打開電腦和手機視訊同時操作。首先要老妻打開Google，下載遠距操作軟體，供他們遠距操作。老妻按照兒子和媳婦的指示，看著視訊，逐步處理。最後總算把電腦的操作交到兒子與媳婦手中，老妻得以略微休息，等待下一階段「工程」。

二十分鐘後，兒子來電，要老妻依指示，隨著電腦說明表格，輸入密碼，一步一步敲定，電腦設定了，發射器組裝好了，總算大功告成。然後兒子和媳婦又要老妻拿著手機，找出手機中的設定位置，將家中的網路線也設定在手機中，這樣手機的網路就更安定了。

樓上的電腦處理完畢後，接著處理樓下我的電腦網路了。有了樓上的經驗，樓下的操作就比較不陌生了，只要先從Google下載遠距操作軟體，再按照指示，逐步完成即可，接著也將我的手機網路設定，短短幾分鐘內就搞定了。

這時只見老妻笑逐顏開，嚷嚷道：「大功告成！」還說，以後電腦有任何問題，兒子、媳婦即使不在家，一樣可以遠端協助解決了！

這一晚，老妻犧牲了天天捨不得不看的電視連續劇，損失不輕啊！不過功課做完，任務完成，卻高興的說；「我省了二千元，沒吃虧啦！」其實應該說獲得經驗，贏得成果，覺得快樂，值得啦！

想想四十年前，夫婦倆誘導小娃兒追隨新潮，接觸電腦；沒想到四十年後，兒子鼓勵老父、老母接近電腦，學習不落伍。這該叫輪迴教育呢？還是翻轉教育？

原刊《六堆雜誌》第二〇八期（二一〇年十二月）

家有鳥事

拿著鬆土用的小鏟子，準備在花盆裡挖個小坑，埋葬一隻似有緣又緣薄的小雛鳥時，忽然一隻白頭翁從隔壁陽台，飛來停在庭院橡樹上，咕嚕咕嚕的鳴叫著。我站著不動，靜靜的盯著牠，牠仍舊咕嚕咕嚕的叫著，也不知是警告還是哀號，既不怕我，也沒有飛走的意思。鳥媽媽是來探望，還是憑弔「兒女」？我不知道，鳥媽媽是否知道小鳥已經「往生」了？

*

我確定那是鳥媽媽，是因為前一天早上七點，做完氣功十八式後，回到家一如往常，先到庭院看看，準備餵魚、賞花、澆水。走到魚池前右側橡樹邊，忽見一隻白頭翁翩然飛來。白頭翁是多嘴，愛唱歌的鳥兒，鳴叫聲多樣、複雜。最常聽到的是：類似「給鼓勵、給鼓勵」，嘹亮、高亢、快節奏，那是呼朋引伴，快樂的呼喚聲。這種叫聲，有時我把它聽成：「在這裡、在這裡」。但眼前聽到的卻是濁重、低沉、慢節奏，咕嚕咕嚕的鳴叫聲。心裡不免暗暗高興，因為在魚池後右側桂花樹上有個鳥巢，白頭翁來來回回孵過多時。不禁懷疑，可能是有喜事吧！莫非是來看小鳥？

於是乾脆待著不動，靜觀其變，牠仍然咕嚕咕嚕的叫著。跟牠相距很近，不超過一公尺，夠近了，我是主人，有嬌客前來當然歡迎。牠既不怕我，我也耐心、靜靜的待著，絕不干擾，盡可能表現主人最大的善意。仔細觀察，發現牠竟然叼著小蟲，這下可明白了，寒舍槐廬小院果真有喜事了。

我是如此誠心、歡迎，甚至小心翼翼。也許是有感於主人的好意吧！或許是按捺不住，急著餵食雛鳥吧！白頭翁終於，做出下一個動作，直接往下飛，停在橡樹下的極光粗肋草盆栽上，果真盆栽裡片片紅葉遮掩下有隻雛鳥，鳥喙張得大大的，身子光禿禿的，翅膀的羽毛不多。這裡沒有鳥巢，怎會有雛鳥啊？白頭翁直接餵食，好溫馨動人的畫面啊！心裡竊喜，老屋小院，白翁稚鳥，宜人宜鳥，一幅好風景，自認也是好風水，吉祥啦！

老妻回來後，立即通告，俾便分享好心情。老妻心細，發現雛鳥頭部有傷口，這下讓兩老不捨又不忍了！老妻研判，或許雛鳥頑皮亂動，從桂花樹上鳥巢掉落碰傷，鳥媽媽發現後就近叼送橡樹下粗肋草盆栽裡照顧吧！

老夫妻倆高興，家有雛鳥誕生，既開心卻也擔心。因為我們從無照顧雛鳥的經驗啊！天色變得烏黑，擔心淋雨，我在盆栽上方於橡樹枝椏中架上一片保麗龍板，就是怕小傢伙被雨淋啊！不久果真下起毛毛雨來了，原本在樓上工作的老妻，急忙趕下來，也關心雛鳥的安全，乾脆把盆栽抬到庭院的屋簷下。

看著雛鳥，拍打著小翅膀，猛張著殷紅的鳥喙，整顆頭顱看來比身軀還要大，渾身肉肉的，嫩嫩的，雛鳥跟嬰兒多像啊！整個身體不停的顫動著，想吃東西了吧，吃啥啊？哪裡抓小蟲呢？老妻情急之下，拿起小鏟子，就地挖到一條小蚯蚓，細細長長的，用筷子夾餵，總算讓小鳥飽餐一頓。看看盆栽上粗肋草紅葉下，泥土溼潤，老妻放心不下，便拿衛生紙鋪上。顯然老妻是以照顧嬰兒的心情，看待雛鳥。我卻擔心，這樣合適嗎？小鳥可以吃蟲，我們敢吃嗎？鳥宿池邊樹，我臥舍下床。人生、「鳥生」不一般啊！不然呢？萬一感冒發燒了怎麼辦？哪裡找鳥醫生啊？

雨停了，我又擔心母鳥找不到小鳥會多緊張啊！於是趕在天黑之前，再費力的把笨重的花盆搬回橡樹下原地點擱置。

為一隻意外掉下來受傷的小鳥，夫妻倆患得患失，忙裡忙外，無時無刻不在關心、呵護「小客人」，昨天就這樣為鳥事忙。

今早起床後，一向早起的老妻神情黯然的對我說：小鳥恐怕不行了！做完晨運，我急忙趕回家，第一件事，便是探望盆栽裡的小鳥。一夜擔心的事果真發生了，雛鳥不再張開嘴，不再拍打翅膀，整個身軀攤在雪白的衛生紙上，一動也不動了，老妻建議「土葬」。

＊

鳥媽媽終於飛到粗肋草盆栽上，目睹雛鳥已然死去，於是盯著小鳥，反覆不停的咕嚕咕嚕嚷叫，這回我聽懂了，那是「哭咯哭咯」，傷心的鳴叫吧？這一幕，我體會到，人情、「鳥情」多麼神似啊！

原刊《六堆雜誌》第二二二期（二〇一一年八月）

真相

所見，未必如你所想；所聽，未必如你所知。

一個熱鬧市區的斑馬道上，綠燈亮了，行人匆促急忙通行。有位老嫗，緩慢、不穩、艱辛，幾乎是拖著腳步行走，旁邊一位年輕男士，不理會步履蹣跚的老婦，自顧自地走著。一個老年人，對這個不助人，無惻隱心的年輕人，正想開口斥責時，發現那年輕人原來是個盲人。這個怒火中燒的老年人，一下子熄火了，甚至覺得有點愧疚。我給這個小故事取名叫「真相」。

地表上幾十億人口，凡是人，形狀樣貌類似，五官位置神似，尺寸大小差不多，但臉孔無一雷同，腦袋裡裝的更是：稀奇古怪，五花八門。聖哲賢智，史不絕書；痴妄頑劣，擢髮難數；雪中送炭的，笑裡藏刀的；樂善好施的，機關算盡的；厚道的，缺德的；好的，孬的；正的，歪的，像花花世界一樣，無奇不有。

孟子認為人性本善，荀子認定人性本惡，告子則認為人之初，無善無惡，如水一般，可流東，可流西，或南或北、不一而足，全是後天因素造成。淺見是：人性原本純真自然，一片空白，狼養的像狼，狗養的像狗，虎父無犬子，老鼠的兒子會打洞。父母的影響小半，自己的境遇大半，之後行善作惡，自己決定，與教育關係不大，跟學歷無關。

人，有時耳聰目明，有時心盲眼花；有時見義勇為，有時見利忘義；有時是可愛，有時可惡。

所謂一樣米百樣人，在我們生活的環境裡，大家錯綜複雜的交往著，編織了千奇百怪的人際關係，牽引著我們的心境，撥撩著我們的情緒，甚至影響著我們的人生。或許讓你氣憤、惶恐、不安，也許教你感動、震撼、欣慰。其實親眼所見，那只是一種表象，未必是真相，所見也未必如你所想。

所見固然未必如你所想，其實所聽也未必如你所知，說一個我親身經歷的故事吧！

民國五十八年，和內子同時應聘回到我的母校屏東師專（今屏東大學）任助教職，助教除上課之外，還得兼辦行政工作，內子既珍惜也擔心，深怕連累我，壞了名聲，因此戰戰兢兢，謙虛做人，認真做事。

這時有位賈姓女老師對內子特別親切，主動示好，噓寒問暖，頻施小惠，關懷備至。她是同行也教國文，但比我們早一年應聘到校服務，原先也在人事室，當下內子事實就是接替了她的位置，她則另調其他單位。初來乍到，人地生疏，業務不熟，有人伸出友誼之手，那是橄欖枝怎能不接呢？這一年內子和她溫馨來往。

第二年，一位女性甄老師應聘來屏東師專，任助教也教國文，另兼辦教務處業務。甄老師和我是台灣師大同學，能在一起服務，大家天天見面，開開心心的，像回到過去同在大學念書時一樣，這是同學緣的延伸，真的很高興。

不多久，情況丕變，明明在校園碰到老同學甄老師，她竟拐個彎兒，擺明了刻意避開。有時實在避不開，卻相見如不見，竟冷冰冰的不理不睬，連最基本的招呼也不打。這轉變太大了，不要說我們是四年同班同學，就是普通一般同事如此明顯的轉變，必然教人寢食難安。彼此是同學，有幸又變成同事，這是何其難得啊！可是情況變成這麼不堪，我們可要天天見面，甚至可能同事一輩子啊！這種莫名其妙的事，實在難以容忍，我決定要搞清楚、弄明白。

約她到會客室一談，她接受了。開門見山的問她什麼原因，讓她不認我這個老同學？她也乾脆，直截了當板著臉說：「你們夫婦倆憑什麼不歡迎我到屏東師專？」

我愕然，隨即反問：「是啊！假如這是真的，我們憑什麼不歡迎妳呢？不過最重要的是，請問：妳怎麼知道我們不歡迎妳呢？」

「賈老師說的，她說你們夫婦倆是國文老師，再加一個我似乎太多了。說我不受你們歡迎！」

終於真相大白！於是我告訴她，這無中生有的話我不曾說，心裡也沒有不歡迎。再誠心好意的分析說：「去年校長聘請我們夫婦倆是國文老師，早一年前聘請賈老師夫婦倆，也是國文老師，今年加上妳，三年請了五位國文老師，會不會太多，這是學校教務的需求問題，是校長必須斟酌考慮的事情，輪不到我們論長說短，國文老師會不會太多，我哪有立場說？至於說歡不歡迎，我更沒有資格說了！最重要的是，如果真的不歡迎妳，我會對人嚷嚷，讓全校的同事知道我器小量狹，容不下老同學，我會這麼笨嗎？藏在心裡就好！以後慢慢整妳就是。不過，或許真的有人不歡迎妳，但絕對不是我。是誰，我不知道，不能亂說，事實上不曾聽說。」

甄老師似乎接受了我的解釋，臉色緩和了。很快恢復昔日的親和態度，看來再度認我這個老同學了。反而是那位賈老師，多年後因故被解聘了。

這件事對我傷害不大啦，最少沒害死我，但感受深刻：好人難交，壞人沒有標籤；沒心機的人，一耳偏聽，思考單純，容易受騙；城府深的人，刀鋒不露，暗箭傷人，教人難防。做人真累啊！自愛未必能自保；不傷人，未必不被傷害。最奇怪的是，謙虛待人，努力工作，竟然也會得罪人，這是什麼人際關係啊！真是做人難，人難做！

因此，即使不為己，但為公道，為正義，為自保，謹建議：眼睛所見不是不真實，最少要多看一眼吧！耳朵所聽不是不可靠，最好多想一下嘛！用心慎思，用腦明辨。這比一眼乍看就以為是，一耳偏聽就以為然，要深入客觀些，不是嗎？

真相難明，最少不要被表象騙了；存心自愛，最少心安理得，不是嗎？

原刊《六堆雜誌》第二〇五期（一一〇年六月）

多看一眼，關係大

人，有眼睛真好，可以仰觀天象，俯察地理，廣見聞，長知識；可以觀察花花世界的形形色色，看透芸芸眾生的林林種種。

憑雙眼，努力學習，快樂成長；靠雙眼，趨吉避凶，因應福禍。沒有眼睛，人生便沒有色彩，黯然悽愴，不美妙，不美麗了！

有人說：眼睛是靈魂之窗，真是畫龍點睛，說得中肯極了。畫龍，如不點睛，那條龍就不死不活、不生龍活虎了。眼睛之於人正是如此，因為眼睛除了看望、觀察了解實情，充實、美化人生外，雖不會說話，卻能表情達意，而且一定真情實意，絕不虛情假意。青眼是重視，白眼是輕視；正視是尊重，斜視是輕蔑；「見」賢思齊，一定是真心誠意，「視」若無睹，當然是漫不經心。語辭往往真假難辨，莫衷一是；眼睛卻永遠黑白分明，一目了然。

孟子曾說：「聽其言，觀其眸，人焉廋哉！」意思是說，要了解一個人，除了聽他說話之外，再觀察他的眼睛，就原形畢露，無所遁逃了。

反過來說，一個人如能善用眼睛，仔細觀察，用心體會，可能終身受用，甚至影響一生。

民國初年大作家朱自清，為祖母奔喪回徐州。辦完喪事，朱自清要回北京繼續學業，父親則前往南京謀事。父子倆在浦口車站別離，臨別父親為朱自清購買橘子。父親穿青布棉袍，著黑布馬褂，身軀微胖。越過鐵軌，月台頗高，於是向左微斜身軀，抬起右腳，吃力地爬上月台。買好橘子，先把橘子放在月台上，下了月台再把橘子一個個收好。步履蹣跚，動作狼狽的模樣，一一映入朱自清眼裡，這一幕讓朱自清看得淚流滿面。

一番叮嚀後，看著父親的背影消失在人群裡，再度淚涔涔下。

朱自清因目睹有感而發，寫下經典大作〈背影〉，感動了千千萬萬的讀者，也成就了「朱自清」的大名。

大作家李敖和大美女胡茵夢，結婚三個月就離婚了。原因是：胡茵夢認為命格不合，李敖則認為自己是異議分子，影響胡茵夢的演藝生涯，不能拍戲了，也不能主持金馬獎典禮了，性情大壞，天天吵架。又說自己和書店蕭老闆打官司時，胡竟然幫對方作證。其實可能還有一個重要但沒說出的理由，那便是老婆不再美麗了。

李敖說有一次他偶然看見胡茵夢因便秘，在馬桶上漲紅了臉，青筋畢露，那掙扎、尷尬的模樣，讓他心驚，原來美女也有不堪的一面。才子佳人當然是天作之合，但佳人不再美麗時，加上一些莫須有的理由，悅耳的歌曲就變調了！

離婚當然不值得歌頌、鼓勵，但不合適的婚姻是一種苦難、束縛。適時的離婚卻能雙方療傷止痛，從此重生，彼此都有助益。

國立屏東大學有位剛退休的教授，大名叫做孫敏芝，曾擔任教務長、國際長、進修學院院長。她是屏大的前身屏東師專六四級畢業生，稍後插班考上台灣師範大學教育系，畢業後回母校任助教。聰明、勤奮、好學的她，接著考上公費留學英國，榮獲約克大學教育博士學位，算是屏大傑出校友。

國中畢業時，她原本聽父母的意見，報考屏東師專期望將來當小學老師，卻意外成為屏東大學的教授。這命運的轉捩點，竟然源於無意間的「看見」。

她報名參加五十九年屏東師專的年度招生考試。放榜了，獲得女生部備取第二十好幾名。她心知錄取機會渺茫，因為師專本來就是考生的最愛，尤其是女生，備取生除非名列前幾名，否則毫無指望。

但她竟然被錄取了，因為她由備取二十幾名外，一躍為備取第二。原來她在複試時老師拿出試卷，要她寫幾個字，以便和試卷對照是否本人所寫，結果無誤。但她眼尖，發現數學試卷第一題應用題被打了一個叉叉，右邊畫個0。她納悶，自認答案正確，這一題就值十分啊！回家後跟父親提起這件事。於是父親寫了一封信給張校長，懇請複查數學試卷。張校長也迅速回信，承認閱卷老師失誤，並補回應有的十分。

孫教授的意外瞄一眼，竟然扭轉乾坤，甚至決定了她的人生。

筆者於五十八年初結婚迄今一一一年，超過半個世紀了。半個世紀的夫妻，夫婦倆雖非整日卿卿我我，長年情話綿綿，但情緒再差也不曾青白眼，情境再壞從不大小聲，真正平實生活、平靜過日。

深思其中原因有二，內子個性陽光、冷靜理性、任勞任怨；本人卻是生性隨和自在，凡事馬馬虎虎，看不慣的事，雖也會拍桌子，但那僅在公務上。基本上夫婦倆性格不犯沖啦！不過讓我和內子相處半世紀，從不驚滔駭浪，是另有原因的。

五十八年秋，夫婦倆在屏東師專（今屏東大學）任助教時，有一天中午下了班，豔陽高照，妻挺著大肚子步行回家做飯，那略帶緊張、行色匆匆的背影；然後披上工作服，切切炒炒的情態。偶然看見的一幕，竟教我不忍、不捨，但又無助，總是吃現成的。心想，除了體諒我還能幹啥？就這樣習慣了體諒。內心深處，永懷體諒。

這不經意看見的一幕，歷久彌新，深刻難忘，竟畢生和諧了我們夫婦關係。

*

如果眼睛是靈魂之窗，那麼「看見」便是人生之路，而「多看一眼」可能是幸福之門，只是你得加工，往好處想，順勢推移，發揚光大。

原刊《六堆風雲》第二一三期（二〇一一年十一月）

善心新解

有一天，參加一個早餐讀書會，小小一個客廳兼餐廳坐滿七人。我的身分是被老婆攜眷參加。

竟然我是唯一的男生，女生本來便是健談，我插不上嘴，說不上話，甚至有點尷尬。對面三位女士背後牆上掛著一副對聯，用草書書寫，揮灑得漂亮極了，但其中有兩個字，在識與不識之間。於是努力辨識，盡心想像，既為追逐「真相」，也藉以煞時間。因為是對聯，對身為國文老師的我來說，應該不難「猜」出來。

判定的結果，此聯應該是：「福從布施觀歡喜；慧由善心覺自在」。

女士們暢談健康養生之道，我卻面壁思索對聯的深意。好巧，我悟出對聯談的竟然是心靈健康之理。

這副對聯其實是闡釋「福慧雙修」這個成語。上聯談福，下聯說慧。所謂福，簡單說就是人生萬事如意，譬如高壽健康、快樂過日、無虞匱乏、兒孫滿堂等等。平日既能無憂無慮，只要熱心公益，樂善好施，功德多做，就是積德，最終必然福祚綿綿，喜樂滿滿，因為好心有好報嘛！上聯的意思如此，不管做不做得到，最少道理講通了。

至於下聯，也不難了解，大意是：一個人若能發善心、行義舉，最終必讓人感覺心安理得，自然自在，這就是慧。如此說明，簡單明瞭，意思也通，就像把文言文翻譯成白話文一樣，通順而已。但這是粗通，未必精闢。最少一個慧字，就值得反省推敲，而「善心」也大有寓意。

慧這個字，是形聲字，從心彗聲。其實也是會意字，彗是手持掃帚，底下加上一顆心，意思是掃清心中的垃圾、穢物，讓人思慮澄澈清明，看透事理而覺悟正道。不過這是存潛於心靈深處，所謂慧心是也。我們常說秀外慧中，慧水灌心，如將悟道心得，訴諸於口，付之於行，就是智啦。所以智、慧是一體兩面，存於心中是慧，現於言行是智；慧是心意的發動，智是行為的顯現，所以慧是智的根源。

但慧、善心、自在，這三者如何聯結，產生價值人生？很值得研究，探索。

慧是一種境界，也是一種歷程、因果，靠反省、體會、涵養而得。

漫漫人生，風霜雨雪，起落浮沉；酸甜苦辣遍嘗，吉凶福禍歷盡，什麼歹人，什麼鬼話，什麼禍事，什麼困境，都可能不期而遇，教人踖踧難安，顛簸困頓。也許很快便雨過天青；也許嘔心瀝血，經漫漫長日才熬過；也可能過不了坎，從此抱憾，人生出局了。

磨難怎麼擺平？不堪如何面對？這好比是一場考試，如果這只是考數學，一個計算機，或運用幾個公式、定律就解決了。但這是錯綜複雜的人生難題，是要靠良好的心理素質——善心，來排解。

這「善心」不是名詞，而是動詞，因為上聯的「布施」既是動詞，相對的下聯的「善心」也該是動詞，是指思考、醞釀最佳心態來因應，也可以說是強化心靈，鼓舞士氣。假如應對得當，轉危為安，於是心安理得，自在自然，可作為心態楷模，甚至成為人生典範，這就是智慧啦！

問題是：心如何善化？

宋代大文豪蘇軾，因烏台詩案不見容朝廷，流放黃州，再放惠州，最後隔海遠放儋州。流離三十年，一生東飄西泊，走過窮山惡水，歷經天災人禍，卻能自我調侃：「問汝平生功業，黃州惠州儋州」；既然政壇失意，官場不容，於是融入鄉土，寄情飲食，發為詩竟然是：「無竹令人俗，無肉令人瘦，不俗又不瘦，竹筍燜豬肉。」或寫信給兒子幽默的說：「不要讓害我的壞人，知道嶺南的荔枝好吃。」蘇軾面對失意、苦悶的策略是：豁達。

南非總統曼德拉致力黑人人權運動，曾坐牢二十七年。他就職總統典禮上，邀請三位在獄中常常虐待他的獄卒，當眾向他們致敬。他說是為忘記獄中的怨恨，假如一直惦念、記恨、抱怨，這便是心靈的牢獄，和身繫獄中有什麼不同？既然已經出獄了，以德報怨吧！曼德拉面對屈辱、怨懟的策略是：寬恕。

西方哲學祖師蘇格拉底跟老婆大吵一架，捱夠了罵，走下樓梯，奪門而出，老婆竟從樓上倒下一盆水。蘇格拉底卻坦然的說：「早知雷霆之後，必有甘霖。」面對蠻橫無理的謾罵、羞辱、糾纏，蘇格拉底抱持的心態是：幽默。

清初鄭板橋，一生坎坷，科舉考試考了二十多年，歷經三個皇帝。康熙時秀才第一名，雍正時舉人第二名，乾隆時才以倒數第三名考中進士。幼年時母喪，中進士後妻亡故，接著父逝世，兒夭折。任山東范縣知縣時，崇仁寺和大悲庵有一對和尚、尼姑相愛，觸犯清規，不容世俗。鄭板橋乾脆命其還俗，結親，並贈送書畫恭賀。任濰縣知縣時，為了救濟災民，不理那緩不濟急的層層繁瑣程序，未經核准即開倉賑濟，得罪了上司。於是辭官回故鄉江蘇興化，從此借錢、住寺廟，南飄揚州賣書畫為生。鄭板橋詩、書、畫三絕，不如意事，卻十有八九。命運多舛的鄭板橋，面對殘酷的現實策略是：糊塗。

我是三級貧民戶出身，高中、大學都念公費的師範學校。五十四年台灣師大畢業後，亟盼到距屏東內埔老家不遠，待遇卻比一般公立中學多五成的私立美和中學服務。同班同學李君家住潮州，也表態希望到美和中學，但那年美和中學僅需一位國文教師，校長要我們自行協調。其實我家到美和很近，家境也比李君差很多，自認有好理由說服同學讓位。意外的，李君提早行動，冒著大太陽，戴著斗笠，踩著單車到寒舍，用幾乎是哀求的口氣，要我讓位。我最不擅長的就是狠心硬腸，結果我到李君家所在地的潮州初中服務，李君卻到我家附近的美和中學服務。

五十六年服完兵役，回到家便接到夢寐以求的美和中學聘書，宿願得償，立即應聘。但一個颳著勁風，飄著細雨的夜晚，潮州初中的柯校長、鍾主任連袂到寒舍，遞上一紙聘書，開口要求即日起到校上暑假輔導課。但我已經應聘美和了。柯校長說：「美和的國文老師全是師大畢業的，潮州初中卻只有你一位才是師大畢業的。美和多你一個不多；潮州初中少了你，就一個都沒有啦！退聘的事交給我好了！」於是我繼續到錢少，事多，離家遠的潮州服務。兩度抉擇，明明就是因不忍、心軟而犧牲。

事後證明如我堅持不讓，只要任何一次不讓，可能終身就是一位私立中學教師，怎麼可能是國立大學教授呢？其實我沒有策略，沒有心機，只是心態上一味不忍，簡單說就是：捨得。

人生一直都在學習成長，有時快樂學習，有時痛苦成長，直到瓜熟蒂落，告別人間。可是人生哪能都如意？萬事但願半稱心啦！事實就是，人生不滿百，常懷千歲憂。面對歡樂與平安不難，就難在面對苦難與折磨。如果「福從布施觀歡喜」是教人如何面對歡樂與平安，那「慧由善心覺自在」便是教人如何因應苦難與折磨吧！所以「福」是行有餘力則助人，是人生的錦上添花，可愛啦！而「慧」則是困心橫慮，增益己所不能，是人性的雪中送炭，可貴啊！

苦悶時師法蘇軾的豁達以對，鬱卒時效法蘇格拉底的幽默以對，屈辱時學習曼德拉的寬恕，定能坦然自在；扞格世俗、有志難伸時，何不仿效鄭板橋勇敢糊塗一下，必能心安理得；遇到難題，難分難捨，無法兩全時，何不像筆者一樣，痛快一刀切，放下、捨得，乾脆成全他人，豈不痛快！

所以，若能「善心」，人生不難；反之，若不能「善心」，人生就不自在了。

原刊《六堆雜誌》第二〇六期（一一〇年八月）

咖啡加糖，然後呢？

有一天，和朋友在自助餐廳用餐，湯足飯飽後，往冷、熱飲攤，要了杯咖啡。取好咖啡，朋友跟著也來取，順手幫他按取拿鐵。他另拿一包糖，溶入咖啡。我說：「喝咖啡加糖啊！」他說：「不加糖喝不來。」

甜頭哪個不愛？但我就不愛，朋友一個小動作，讓我產生一個聯想。

容，這個字

我聯想到一個「容」字。這個字，從宀，谷聲，是形聲字，其實也是會意字。從字的結構就可體會其意：青山翠谷中建造了許多屋舍，從遠處望去，屋脊錯落重疊。另有一解：宀是家，和山谷一樣，可容納許多傢俬、家人、器皿。兩者景象意涵重點都在「容納」。

人，一身皮囊，其實也是一個家，一個山谷。不過容納的是，筋骨血脈，五臟六腑。除了飲食，醫療之外，卻容不下一絲一毫軀體外之物，一根小刺，一粒細沙都不行。

一個人，整個軀體器官，數以兆計的細胞組成。然而人之初，最原始是由兩個單細胞結合而成，懷胎十月，生產前後，一團細皮嫩肉，先天本質中性，不思考、無意識、沒動靜。但許多人不分男女老少，卻因後天的體驗、學習，容進許許多多不是東西的東西，注入心門腦際，耳濡目染，久而久之，有人臟腑氣血變成了狼心、狗肺、晦氣、冷血；有人變得忠肝、義膽、浩氣、熱血；有人花心石腸，有人慈眉善目；有人秀髮如雲，有人怒髮衝冠。一身皮囊裡的器官、血脈、膚髮，多意象化甚至物象化了。從外表看起來，男男女女，人模人樣；四肢五官，一模一樣。但從內心深處顯現出來的人情風格，可就貪、嗔、狂、妄、愚，淑、慧、善、賢、聖，林林總總，千差萬別啦！有人可愛，有人可惡；有人純真赤忱，有人衣冠禽獸。人際關係因此被勾纏得千絲萬縷；錯綜複雜的恩怨情仇，搞得剪不斷，理還亂。

人類的身體是否健康，就看是否將養好五臟六腑，鍛鍊好筋骨血脈；活得是否快樂，卻淵源於腦袋裡，是容入了清心寡欲，還是利欲薰心？是虛情假意，還是正心誠意？

人，其實也是一個容器，不也像一杯咖啡加了糖，加不加糖滋味迥異；即使加了不同的糖，也呈現不一樣的風味。所以，一樣米，百樣人。原來，心意、情欲、觀念、思想，這些不是東西的東西，勾勒了綺麗人情，彩繪了百態人生。

容，其實是一種修養，教人敬重或讓人鄙視，就看心靈容入什麼料啦！

容易，這個詞

有一則小故事：乾隆皇帝對紀曉嵐說：「孔子說色難，這個語詞好難對啊！」紀曉嵐立即說道：「容易！」「你說容易，那你對看看，對啥呢？」「我說啦！就是容易啊！」

「容易」對「色難」對了嗎？

「色難」是孔子告誡弟子，孝順父母不限於能養而已，最難能可貴的是，要能和顏悅色。「色難」一語不常見，但意思明確、單純；「容易」一詞則常見、易解，但意義不單純，通常就解作不難。於是兩人的對話就變成這樣：「色難這語詞，好難對啊！」「不難啊！」乾隆皇帝一時意會不出，難怪認為紀曉嵐沒答覆。原來紀曉嵐將「容易」解說成臉部表情——和顏悅色，這和色難便對得很妥貼精確，甚至堪稱絕對了。

為什麼「容易」既解作不難，又可解釋成和顏悅色？主因是「容」這個字既是動詞，也可以是名詞。詞性不同，意義自然有別，當名詞時意思是容貌，當動詞時是容納的意思，意義差別很大。問題是：為啥容納了「易」，便成不難了呢？又為啥容貌配上「易」又變成和顏悅色呢？

這要了解「易」是啥？「易」字有名詞、動詞、形容詞三種詞性，詞性不同，意義就不同。

「易」是象形字，本義是蜥蜴，這當然是名詞。「日」像蜥蜴的頭，而「勿」則形似四足。蜥蜴，就是變色龍，變色的原因是因應環境，以策安全，因此「易」引申為變異、改變、變化的「變」，並衍生一個合義複詞「變易」。譬如「易位」、「易俗」、「易轍」等，這是動詞。

探討人生，如何因應變化，成為人生重要的課題，中華文化中最重要的經典、四書五經之首便是《易經》，這是名詞。

孔子曾說：「假我數年（以學易），若是，我於易則彬彬矣！」意思是說徹底了解《易經》，便能文質兼備，順遂人情，平衡人生。也可以這樣說：融（容）會貫通《易經》，人生必然平順不難。所以易又被引申解作平和，簡單，不難的意思，譬如「知難行易」，「平易近人」，這個易便是形容詞了。

於是具兩種詞性的容字，分別和形容詞的易字相結合時，就產生了有趣的現象。像動詞的「容」與「易」結合可解作不難，還是形容詞。而名詞的「容」與「易」結合，就必須解作容貌平和，不再是形容詞了，甚至不是一個詞，和「色難」一樣，是一個類似句子的片語。

同樣一個「容易」，卻有兩種截然不同的意義，如不深入分析，還真不容易了解呢！這好比咖啡加冰糖或加焦糖，一樣都是糖，結果風味就不一樣了。

「容易」，其實是一種態度，很可貴卻不容易，尤其是面對無關利害關係的人。

「有容乃大」，這個成語

「有容乃大」是一個成語，用幾個名句便可精闢說明其精義，譬如「泰山不讓土壤，故能成其大」，「河海不擇細流，故能就其深」。因為能盡情的容納泥沙、土石；不停的匯聚溪流、江河，所以造就了綿綿崇山峻嶺，形成了浩浩汪洋大海。同樣的，統治國家的領袖，因為「王者不卻眾庶，故能明其德」，王者衷心誠意的招賢納能，廣集英才，所以能大展鴻圖，成就聖王霸業。

運用在個人的修養，體會一個「容」字，學會容忍，寬容，包容，即使不能使人偉大，最少不會讓人渺小；就算不超凡，必能脫俗，因為：「從容不迫」、「從容中道」皆因能容之故。

一個人能容，好比心寬；心寬者量大，容得下海闊天空，看得開千愁萬恨，事事是小事，所以天天都自在。

我喜歡兩個聽過但不曾見過的傳奇人物，都因「有容」，所以美談千古，教人津津樂道：第一個人「彌勒佛」，整天捧撫著大肚子，笑咪咪的，因為心廣所以體胖，看來就是一個永遠不知煩惱為何物的人。第二個人「宰相」，肚裡可以撐船，因器量大，總是從從容容，即使忙碌，但不慌亂，總能把國家大事辦得井井有條不紊。所以有容，便是量大、器大，成就也大。

與「有容乃大」類似的成語很多，譬如：「雍容垂拱」、「雍容華貴」、「雍容大方」、「雍容閒雅」等。雍容是從容不迫的意思，原意就是「有容」，引申為樣貌高貴而具威儀。這些成語其實具體說明「有容乃大」的深義，清楚明白說出有容的結果，可以優雅、大方，甚至無為而治。

「有容」了，可以垂拱、華貴，可以閒雅、大方；反之，如果「不容」，結果是

「器小則溢，溢則滿，滿招損」，於是坐井觀天，夜郎自大；這種人心狹量窄，錙銖必較，事事都是大事，總是心慌意亂，渾身煩惱。最後的下場必然是無地自容。看官，你「有容」了嗎？

「有容乃大」其實是一種境界，只是知易行難罷了！

＊

咖啡加了糖，風味就變了；加不一樣的糖，呈現不一樣的味道。人不也一樣？容入各種不同的「料」，便形成各種不同風格的人，容入好料便成好人，容入餿料就成餿人啦！

原刊《六堆雜誌》第二〇七期（一一〇年十月）

能「容易」，就容易了

《六堆雜誌》第二〇七期（二一〇年十月刊），拙作〈咖啡加糖，然後呢？〉一文，提到「容易」一詞，有兩種意義。其一是文法上稱為片語，或叫做簡單短句，意思是和顏悅色，是不常用的「容易」，它是所謂語。另一個就是當形容詞的「容易」，是平順、不難的意思，這是常見又常用的形容詞，它是一個詞。

拙作發表後，稍後覺得「容易」還可以有第三種解釋。拙見是：容和易原本都是動詞，結合起來竟然像起了化學變化，變成形容詞。為什麼不可以還是動詞呢？文法上類似的複音詞很多，譬如學習、變革、貿易、變易、買賣、把持、扭轉、動搖、掌握、拿捏、廢棄等等，不勝枚舉。這些複音詞，每個單字都是動詞，倆倆結合後變成複音詞，不也仍舊是動詞？所以容和易都是動詞，結合成「容易」，仍解釋為動詞，有什麼不可以？就解作：接受變故，或是：面對苦難。這樣解釋如被接受的話，這個「容易」文法上便是另一個類似句子的片語，不是形容詞。

當然將「容易」解釋成動詞，是不多見啦，事實上也不曾見過。只是我異想天開，總覺得如此解釋沒有不通啊！甚至認為，解釋成動詞很正面、積極，有意義，而且能證明形容詞的「容易」，就是來自動詞的「容易」，謹分析如下。

筆者認為動詞的「容易」深層意義應該是：不論家、國、人生都一樣，沒有永遠的平安、寧靜，時日經久，必然生變，而且無奇不有。一旦發生變易、事故，都要勇於面對、接受。首要冷卻心情，撫平情緒。其次靜心思考，擬定對策。接著克服困難，努力實踐。其過程或許無盡的辛酸悲痛，艱難苦恨。但持之以恆，最後必能扭轉情勢，夜盡天明，苦盡甘來。這時回首前塵，感觸無限，會有「好不容易啊！」的感嘆，必然感受到：原來勇敢面對困難，盡心解決，全力以赴，諸事不難了結。

譬如民國六十年，中華民國被迫退出聯合國，台灣遭逢巨變，情勢險峻。當時蔣總統鼓勵國人，勇敢面對險惡，要處變不驚，莊敬自強，冷靜應對。接著痛定思痛，盡速盡快提拔人才。全心全意在石油能源危機下，推動十大建設，為台灣奠定堅實的經濟基礎。不久便從被迫退出聯合國的陰霾驚悸中走出來，於震撼不安中，搖身一變成為東亞四條小龍之首，創造了台灣的經濟奇蹟，驚豔世界。這是從艱難走向平順，其核心意義是：不避艱難，勇於面對，靜思對策，終能化險為夷，轉危為安，變得容易啦！

再舉一例：筆者有一個學生，嫁為人婦，賢淑善良，結婚逾三十年，生活美滿，十分恩愛。有一天上市場採買，意外遭歹徒搶劫，竟傷重枉死車上。夫婦倆恩愛逾恆，丈夫張先生遭逢劇變，已是椎心蝕骨，加上漫長的官司，更是心力交瘁。最不堪的是，歹徒竟受到保護，由死刑改判無期徒刑。這劇變加憤慨、痛心，教人情何以堪？於是悲傷、失眠、孤寂、悔恨、鬱悶、煩躁、甚至幻聽幻覺，所有無奇不有的負面心緒，紛至沓來，如天崩地裂，似人間末日。但劇變已發生，人活著就得面對，總不能像刺蝟一般，紮著萬箭，傷痛過日吧！於是他忍痛認命，擬定對策。借工作、出遊、運動、聽音響，甚至與幻聽對話，自言自語，盡量避開沉溺於傷痛中。既然挽不回愛妻的生命，不如勇於面對，提出策略，好好過日吧！最後居然撰寫了一本書《劇變之後》，詳述噩夢般的事故始末，及自己應對策略。將餘生的難度，減到最低、最輕。

張先生勇於「容易」——面對變故，將傷害減到最低，未來的日子較之事變發生之初，當然是容易一些了。

第三例：筆者民國四十六年從屏東師範畢業後，在國小服務三年。服務滿一年報考師大，沒考上。服務滿三年，再參加大專聯考，僥倖考上淡江文理學院（今淡江大學）外文系。當時我的英文程度是，師範三年不曾上英文，服務國小三年沒碰英文，所以我是以初中程度，而且其間還荒廢了六年，居然勇敢就讀大學外文系。

有一天，大一英文課，教授要我朗讀課文。結果結結巴巴，讀不下去，出盡洋相，教授苦著臉、皺著眉，不耐地說：「你究竟認不認識A、B、C啊！」這是此生我最糗、最窘，最難堪的事，畢生難忘。除了英文，更麻煩的是高昂的學費，三級貧民戶出身的我實在付不起。私立大學、外文系顯然念不下去了，想回小學任教，但已經辭職了！真是進退兩難。我碰上人生道上的大坑大洞了，怎辦呢？

為了面子和初心，思考再三，決定再參加一次聯考，目標設定公立大學，中文系。淡大外文系的課照常上，就當作準備英文科吧！所有的時間全心準備其他五科。如此決定，是打算如果落榜，只好認命，再苦熬吧！

人生道上既已遭逢變故，經冷靜思考，也決定好應對策略，便再度日日夜夜，全心全意，勤奮苦讀。一年後（民五十），考上台灣師範大學國文系，不但是公立，而且是公費。

此後人生道上，雖然仍有或大或小難關、事故，總是抱持一樣態度，便是接受面對，再思索策略，最後付諸行動。基本上這個大坑越過後，算得上從此漸入佳境，人生變得容易一些了。

＊

以上三例，不管國事、家事、私事都一樣，國是長蜩螗，家道多飄搖，人生半坎坷。家境、國運一如人生，我們過的日子，不會天天風和日麗；我們走的道路，也不可能條條康莊大道。遇上了風風雨雨，碰上了坑坑洞洞，風雨或大或小，坑洞有深有淺，全是無法避免，也難以預料的天災、人禍。離奇、曲折的事故，既已遭逢，只能設法解決度越。

老朽我今年八十四了，教了一輩子書，小學、國中、高中、大學甚至研究所都教過，覺得人生讀書，接受教育，就是為了過日，過好日子，很單純。卻發現很多人，書讀得很多，很久，卻不懂過好日子，反而被日子「整」，甚至「整」得死去活來，還不明所以。整天被微風細雨困擾著，邁不過淺坑小洞，不能快樂過日，幸福生活。倒是老朽在二十二歲，大一那年，遭逢生平最不堪的挫折，留下此生最難忘的傷痛。經一年便翻轉過來，此後迄今，風雨困擾不了我，坑洞難不住我，最少我平凡平靜，不煩不惱的過日。

常常反思我翻轉人生的轉捩點，應對的策略，竟然就是《四書》之首〈大學之道〉開宗明義所提，君子治平天下、家國、修身的法則，達到至善的境界那一套，所謂：

「知止而後有定，定而後能靜，靜而後能安，安而後能慮，慮而後能得。」止（止泊）、定（定向）、靜（不妄動）、安（沉穩）、慮（思考策略）、得（解決問題）等六個過程。這套「止於至善」的策略，其實也像聖嚴法師所說的：面對它、接受它、處理它、放下它。我更精簡成：面對問題，思考策略，實踐力行。這套過程，從開始到結束，就叫「容易」。步驟簡潔，層次分明，背後的意涵就是不難。

所以事故發生了，苦難碰上了，如能「容易」，往後便容易了。

原刊《六堆雜誌》第二二〇期（一一一年四月）

名實論

一個江姓朋友生下一個寶貝兒子，要我幫他取名字。我問：對小娃兒有何期待？答覆是：願小娃兒一生一世，平安幸福。這好辦，於是幫他取名：「幸平」，並說如有老二就叫「幸安」。要一給二，而且男女通用，朋友滿意離去。

不多久傳來訊息，朋友將小孩命名為「焌」。我想，可能是朋友看我幫小娃兒取名字，幾乎不多思考，脫口而出，隨即命好大名；為更周延安心，再請教命理專家確認。我猜，一定是命理專家認為那年、那月、那日、那時辰出生的小娃兒缺火，為了安心，就添一把火吧！於是改名為焌。焌，以火燃物，類似灼或炙，小火一把，並非烈火、大火啦！但這樣改好嗎？

陰陽五行，我不是不知道，而是不全信。如真要用五行命名，那也應該取木旁的文字為佳，因為孩子姓江，已是水旺旺了，水生木啊！取木旁字，才能枝繁葉茂。再不然取金旁的字也好，金生水啊！如此生生不息，互相護持，最少有順利的意思罷！取火為偏旁的名字反而最不利。因為水剋火，何況是江水對小火，依五行原理，這名字實在改得太糟糕。但不便多嘴，倒不是因為孩子是他的或怕掃他興，而是我其實也不相信五行與人生命運的關聯。試想，人生一開始就取巧，靠五行來喬命運，老天爺不會同意吧！不過名字陪人度過一生一世，取名當然該取好名，俾便與你長相左右，一輩子被叫「好」啊！

命名當然希望命好名，祈求榮華富貴，期待幸福美滿，而以金木水火土為偏旁，有意義又屬正面的漢字甚多，取之不盡，用之不竭，命好名字，應該不難。但以「五行字」命名的今古將相帝王，大師名人，其實並不多。

開國聖王豪傑如劉邦、李世民、趙匡胤、朱元璋，哪個名字中有金木水火土呢？今日韓國瑜、蔡英文、馬英九、李登輝也沒有啊！先古聖賢如孔丘、孟軻、墨翟、莊周沒有；將相名臣如田單、吳起、樂毅、岳飛沒有；千古文豪如司馬遷、班固、杜甫、李白沒有；近世名師如胡適、錢穆、曾虛白、傅斯年，今世實業家如王永慶、張忠謀、蔡宏圖等等都沒有啊！

顯然，人名中有無金木水火土，或旺或缺，與人生窮達、興衰都無關。所以為新生兒添火、灌水、掩土、架木、貼金，既屬多餘，也是無稽，最少不該是命名的重點，如或朽如糞土，或變金光黨，或患得患失，刻意為之，稍有不甚，搞不好陷入水深火熱，或鈍若木偶，過猶不及，未必幸福，也不一定快樂。

其實名字取得美好，並不表示人生就美好，搞不好名字越美好，聲名越狼藉，甚至讓子孫蒙羞。譬如西周末年濫殺無辜，禁止言論自由的厲王叫姬（姓）胡（義：遠大）；焚書坑儒的秦始皇叫嬴（姓）政（義：正也）；樂不思蜀，麻木不仁的亡國之君，蜀漢後主阿斗叫劉禪；行苛政餓死百姓，竟無知到說：「何不食肉糜？」的昏君晉惠帝叫司馬衷（義：誠摯）；弒父、不倫、篡位，揮霍無度的隋煬帝叫楊廣；集叛徒、土匪、強盜、惡棍罵名於一身，最後被殺身亡的後梁太祖叫朱全忠。以上大皇大帝，哪個名字不是大吉大利呢？

史上大臣也一樣，名字裡字嚴義正，譬如唐代禍國殃民的安祿山；迎合宋高宗賣國漢奸，害死岳飛的秦檜；明朝大閹宦，構陷忠良，濫殺無辜的東廠頭子魏忠賢；荼毒大明河山，濫殺無辜的李自成、張獻忠等，這些人渣的大名，不都是取得正經八百嗎？

我沒聽說過因為名字取得好，而畢生興旺；也不曾聽說因為名字取壞了，而潦倒一生，名字與命運是風馬牛不相及，兩碼子事啦！

名字只是一種稱呼，就像幫某種動、植物取名稱一樣，叫豬、狗、熊，或叫含羞草、姑婆芋、欖仁樹等等，不過就是一種稱呼，讓父母呼，朋友喚，供人招呼，方便辨識而已！

名字是表相，是象徵，最多隱含一種鼓勵和期待，呼喚多了，真的實現了願望，那是因努力、打拚過了，願望得以兌現，與美好的名字無關。

所以命名，固然不能草率馬虎，卻也無須斤斤計較。很簡單，很單純，只要達、雅、簡、明，而不怪、俗、繁、澀就好；不管筆畫，什麼天地人三格平衡，什麼金木水火土五行，相生相剋，都不必太費心計較。

對小娃兒期待啥，便命啥，就是達；能避開菜市場名字，不雷同，就是雅；筆畫不多，一揮而就，方便簽名，就是簡；字義清楚明白，一目了然就是明。

名字可以寫得出來，也喊得出來，有形有聲，實際上是空洞無物，真正是「虛」有其表，人生的重點在實質內涵。因磨練將養，是否有本事、能耐、修養自然顯現出來，像毛遂經久自現，水落自然石出。這可要靠父母的身教、開示、教誨。其次是孩子本身的資質造化，能否潔身自愛，刻苦自勵，用心習藝養慧如此而已。要再學習鑿壁借光，懸梁刺股，苦其心志；效法聞雞起舞，陶侃運甓，勞其筋骨。歷經磨難，熬過淬煉，吃夠苦，忍夠痛。有朝一日，成為科學家、政治家、大文豪、大將軍、大學者等等，顯現人生的光彩，真正成了「名」人，所取的好名字，自然名副其實。
所以，人生沒有所謂名好就命好、運好，就看你本尊是否夠苦、夠勞、夠實在啦！

原刊《六堆雜誌》第一九七期（一〇九年二月）

你貴姓？

某日新聞報導，說高雄內門區有許多怪姓，如買、机、力等。有一位買爸爸，生了二女一男，女兒名叫藝萍、藝菁，兒子叫立龍；卻被同學叫成買一瓶、買一斤、買一籠。這綽號可要被叫一輩子的，一輩子「買」定了！

一個人的姓，好比頭頂上的帽子，是無形帽。一出生便給扣上了，永永遠遠、踏踏實實的戴著，摘不得，丟不了，甩不掉。然後翻遍字典，尋尋覓覓，或請教專家，算來算去，千方百計，把合適的筆畫，美好的文字，理想的五行配上，於是有姓有名，成為一個新生娃娃專屬的標籤。好讓爸爸媽媽日叫夜喊；讓同儕好友千呼萬喚。一心祈求，但願日日美麗，年年如意，生生不息，直到蓋棺入地。

名，可以千挑萬選，甚至一改再改。可是姓不然，它根本就是天注定，像樹根一樣，拔不得，一出生便「姓」好了，由不得你不「姓」，這就像孩子不能選擇父母一樣，天注定。

其實我們漢人任何一個姓，都是揉合世世代代、祖先智慧、勇毅、心血、經驗，編織而成無比珍貴的桂冠，也是一種家族招牌，子子孫孫沒有選擇的餘地，有幸被套上了，就有把它擦亮，讓它發光的責任。

不知道「買一斤」、「買一瓶」、「買一籠」同學，會不會抱怨老爸、老祖宗為啥偏要姓買？不「買」都不行？

我聯想到，以前在屏東師院（今屏東大學）教書時，在課堂上測試學生：「孔子姓什麼？」多數能回答不誤，進一步再問：「孔子的父親是叔梁紇，姓啥？」卻無人能正確回答。孔子讓孔這個姓，耀眼千古，孔子的子子孫孫，世世代代沾光不少，連參加大學聯招都有優惠呢！你想沾光改姓「孔」也不行。因為每棵樹都有它自己的根，沒得換。

暫且不談孔子父親姓啥，先談姓是怎麼來的？看完本文，自然便能知道孔子的父親姓啥了！

姓是父親傳下來的；父親的姓，則是父親的父親傳下來的，源遠流長，祖祖輩輩承傳下來。往上追尋，任何一個姓都有一個祖先，百姓就有百個祖先，萬姓就有萬個祖先。不過我們漢人有一個共同祖先，那就是炎帝和黃帝，我們都是炎黃子孫。

姓是太古時代（盤古開天闢地時代）母系氏族確立後的族號，每個氏族有一個共同的祖先是女性。當時實行群婚制度，一群男子與一群女子結婚，生下的孩子只知母親不知父親，孩子也只能跟母親姓。世系也由母親這一邊來確定，因此古早人的姓，譬如嫘、姚、姒、姬、姜、嬴、妲、姞、嬀、妘等都從女字旁，甚至連姓這個字，也從女字旁。

約在公元前五千年黃帝時代，變成父系社會。後來子孫繁衍，一個家族又分歧成若干支系，散居各地。每個支系另起稱號，叫做氏。可以說，姓是舊有的族號，氏是新生的族號。氏者滋也，譬如樹幹旁生枝條，枝條再生出枝枒，於是枝繁葉茂，欣欣向榮。

在三代之前婦人稱姓，男性稱氏，那時顯然還是重女輕男的時代。三代以後姓氏合而為一，概稱為姓，算是氏族的新稱呼。

這個新稱呼——姓的取得有下列幾個方式：

一、來自祖先的名：如軒轅、高陽。

二、來自祖先的謚：如文、武、昭、景、成。

三、來自祖先的字：如孔、孟孫、叔孫。

四、來自祖先的封國：如齊、魯、吳、秦、趙、魏。

五、來自祖先的爵位：如王、公、侯、伯、子、男、王孫、公孫。
六、來自祖先的官位：如司馬、司徒、司空、樂、卜、祝。
七、來自祖先的封邑：如屈、鍾、解。
八、來自祖先的職業：如巫、甄、陶。
九、來自祖先的居地：如東門、西閭、南宮、北郭、柳。

諡和字是什麼？諡，是帝王、諸侯、大夫、高官、大臣死後，根據死者生平事蹟而加給的一種稱呼，算是人往生後取的名字。

字，則是男子到了二十歲要舉行冠禮，另外再取一個稱呼叫做字。表示開始要成家立業，承擔家庭及社會責任了。所以「名字」一詞，可以是一個合義複詞，意思單指名，而字便是詞尾，無意義；也可以是兩個並立的名詞，名是名，字歸字。所謂「幼名，冠字」兩個都是名詞。

上述九種姓的來源之外，另外還有一些複姓如長孫、万俟、慕容、拓跋、呼延等，則是對當時少數民族的譯音而來。

回想筆者當年（民四十六）在霧台國小服務，當地是原住民魯凱族聚落，學生多姓麥、巴、盧、沙、包、杜等，是因為原住民有語言沒有文字，便根據音譯，套用漢人的姓。今天高雄市內門區多西拉雅平埔族裔，有買、力、机等姓者，也是音譯而來。說個笑話，假如霧台的麥姓當年音譯成賣，當今百姓中，就有買有賣了。又萬一買、賣兩姓子女結親，就可稱為買賣聯姻了，一笑。

先秦時代，貴族才有姓，平民是沒有姓的。先秦時代稱呼一個人很「多元」：有時是先字後名，不提姓，像孔子的父親叔梁紇，叔梁是字，紇是名，姓孔；孟明視，孟明是字，視是名（姓百里）；公輸班，公輸是字，班是名，但他是平民沒有姓。也有只用字來稱呼的，如孔子的弟子子貢（姓端木名賜）、子夏（姓卜名商）、子路（姓仲名由）等。也有姓加上字來稱呼的，如管仲，范叔（范雎）。有時以職業、專長或特色加上名字來稱呼，如弈秋是稱呼一個名叫秋的圍棋手；庖丁是稱呼一個名叫丁的廚師；優孟是一個名叫孟的戲子；盜跖是一個名叫跖的大盜；商鞅則是因封於商故稱商鞅（姓公孫），又因為是衛國人，又稱衛鞅。還有姓加上子的，如孔子、孟子、墨子、莊子等，子是對男子的尊稱，類似今日的「先生」。

到了漢朝，一般平民開始有姓，劉邦是第一個平民皇帝，姓劉名邦。從此開始稱呼一個人通常連姓帶名，就像現代、今日一樣。我們讀歷史，上國文課，尤其是先秦文史，總覺得古人名古怪、特殊，到漢代以後，人名才「正常化」，原因在此。

各位看官，你貴姓？姓什麼其實不重要啦！重要的是你做了什麼？更重要的是——你擦亮祖宗流傳下來的招牌了嗎？

原刊《六堆雜誌》第一九八期（一〇九年四月）

驚奇西伯利亞

緣起

一〇六年，生平首次，也是迄今唯一的一次遊覽俄羅斯。

俄羅斯太遼闊了，它是世界上第一大國，所以先遊西伯利亞。但西伯利亞還是太大，於是首遊接近中國，毗連蒙古那一截。

從大陸內蒙滿州里（臚濱）對岸俄羅斯的後貝加爾斯克，搭乘火車到西伯利亞第二大城伊爾庫茨克，再折返，往返走了二千二百四十二公里。

日記

九月四日

由小港飛杭州，再轉機飛抵滿州里。這是大陸與俄羅斯交界的最大陸地口岸。

在飛機降落時，遠遠望去，這個邊城竟是幢幢大樓，燈火通明，金碧輝煌，滿眼華麗，邊城竟然那麼美，甚意外！

九月五日

早餐後，辦理出入大陸、俄羅斯相關手續後，暢遊呼倫貝爾草原。首先參觀巴爾虎蒙古部落，享用蒙古風情特餐。接著遊覽札賚猛獁公園，參觀博物館。對滿州里有了基本的了解與認識。

九月六日

開始為期八天的西伯利亞之旅。上午從住宿處步行到滿州里大飯店集合，由領隊海鷹小姐主持，說明出入中、俄的方式、過程及應注意事項，千叮嚀、萬囑咐，教我們如何應對？如何過關？我自認是旅遊老鳥了，但首次遊俄羅斯，竟也頭一回感受到特殊的嚴肅氣氛，不同於其他出國旅遊經驗。

我們依海鷹的指示，排隊、等候，再等候、排隊。經漫長的通關手續，終於進入俄羅斯的邊城——後貝加爾斯克鎮。這也是此行西伯利亞貝加爾湖之旅的起站，距滿州里九公里。

吃過俄羅斯晚餐後，就在車站閒逛，其實是在等候上車。

十八時，於傍晚時刻登上列車包廂，這一節包廂就是我們在西伯利亞八天七夜的家。車廂前、後端各有一個衛生間，中間有九個房間，全團十八人就住在這節車廂裡。衛生間裡有一個水龍頭、馬桶，除了不能洗澡，起居衛生問題都可以解決。此外供應冷、熱開水，還有兩位看來像是蒙古人的女性隨車服務員。

房間兩側上下，共有四個床鋪，但為舒適起見，我們只住兩人。被單、被套、枕頭、枕巾、墊被，一應俱全，但須自行整理、鋪陳。靠窗邊有一個小桌子，鋪上桌巾。拉開窗簾，可以看清更多、更遼闊的西伯利亞風光。

這節車廂是按旅行社事先安排的行程，附掛在適當的班車尾端，到達目的地後，便脫離班車。然後各人帶著當日需要的小件行李出站，大件行李就留在車廂不動。下了車，當地導遊便帶領我們上車，覽勝觀光，或者留下，住宿當地大飯店過夜。也可能吃完晚飯，便回車廂繼續行程，前往下一個景點。

包一節車廂八天，每人付費台幣五萬元，幾乎占了團費的半數。

十八時三十分，列車啟動，終於上路了，這時已是黃昏時刻。大家離開房間，齊集走道，好奇的朝窗外欣賞西伯利亞的夕陽，只見落日餘暉，晚霞火紅，天地蒼茫，漫無邊際，一幅別開生面的西伯利亞黃昏畫面，頗為淒美。

在搖搖晃晃中，不像坐船，也不像坐飛機，當然更不像在家了。幾乎是半睡半醒的熬了一夜。

九月七日

九時，我們比預定時間晚了一個小時到達赤塔。

一個韓裔阿嬤級的華語導遊伊莉娜小姐接車，她是一位風趣、開朗、活潑、天真、專心的導遊，帶領我們遊覽赤塔。

赤塔是「契丹」的轉音，其實「赤塔」一詞就很中國味了，並不「俄羅斯」。導遊首先帶我們體驗俄羅斯桑拿洗浴（昨天大家都乾洗了）。再用完早餐時已是十點半，接近中午了。接著參觀市民公園，軍博公園，十二月黨人博物館，登上基多夫山觀景台俯瞰赤塔全景。吃過午餐，前往馬拉果夫卡天然礦泉保護區，品嚐天然礦泉水，再漫步原始森林，擁抱婷婷玉立的白樺樹。返回市區遊覽列寧大街，光臨俄羅斯藝術沙龍。

為了趕在晚上六時二十六分上火車，於是提早於四時三十分用晚餐。今天三餐用餐時間太密集，大夥兒簡直看飽、吃飽，吃飽、看飽。

今晚跟昨晚一樣，都在搖搖晃晃，似睡似醒中熬過。

九月八日

早晨八時過後，拉開房間的窗簾，往窗外眺望，滿眼驚豔，列車竟順著浩瀚宏偉、清麗耀眼的貝加爾湖南岸行駛。只能在地球儀指指點點，無限遐想的陸心之海貝加爾湖現在就在身邊，在眼前，甚至在腳下。既感慨又感動！

浩浩瀚瀚無窮碧，寧寧靜靜別樣藍，青天白雲，浪靜風平。東側遠處，一道綠色屏障哈馬達阪山，茂林幽深，臨碧波，依長水，湖灩瀲，樹青翠。列車刻意蜿蜒徐行，似乎有意讓我們慢慢看、盡情看，列車竟然有人情味。此行不就因仰慕貝加爾湖大名而來？現在，她就在眼前，展現絕世風采。

十三時，抵達伊爾庫茨克。伊爾庫茨克位於貝加爾湖南緣西側約七十公里。會說華語的年經俄羅斯導遊接車。他高而帥氣，謙虛、客氣。導遊的華語像是剛學的，不大流利，俄式的語法，我聽得辛苦，內子卻聽得懂，乾脆請內子翻譯。

伊城這一站，將有兩天離開列車，改乘遊覽車遊覽。分別住宿於貝加爾湖湖濱，及伊城市區。這是此行最精華的一段行程。

伊爾庫茨克是西伯利亞第二大城，六十萬人口，經濟發達，盛產石油，繁榮富庶，有六十多所大學，因擁有貝加爾湖而顯貴，被稱為西伯利亞的明珠。

午餐後，首先遊覽唯一自貝加爾湖奔洩而來的大河——安加拉河河畔。安加拉河像一條特大的藍色飄帶穿城奔流而過，貫穿市區，形成一個大湖灣，美化了伊城，讓伊城更風情萬千，舒適宜人。接著參觀幾個教堂，感受俄羅斯人的心靈世界；遊走愛情橋，體驗俄羅斯人的情意人生；逛逛馬克思大街，閱讀古街老巷，想像俄羅斯人的精神生活。

離開車廂的首夜就住在市區萬豪飯店。

九月九日

今天有此行最精采、重要的行程。

遊覽車向東朝貝加爾湖奔馳。先參觀塔里茨民俗建築博物館，以實物、模型或塑像布置成栩栩欲活的實境，既真實又生動，可以體驗古老的西伯利亞農村土著居民的原始生活習俗。但位在伊爾庫茨克水庫邊，水庫其實就是貝加爾湖的一隅，瀲灩水色，寧靜幽雅，婷婷白樺，景色美得離譜，扎實的搶走民俗博物館的風采。

最令人意外的是，竟然發現兩幢蒙古包，就像幾天前在滿州里呼倫貝爾草原所見的蒙古包一樣，這不是新奇而是親切，其實是有點莫名的感慨。

離開民俗博物館後，轉而前往利斯特維揚卡鎮。這是貝加爾湖南端西側湖邊山下的一個小鎮。在此用過午餐，漫步湖濱，遙望安加拉河口，參觀魚市，品嚐秋白鮭魚，甚至撩撥湖水。這裡湖岸非泥非沙，而是小圓石，難怪湖水那麼清澈了。據說天氣如果夠好，可以看透四十五公尺的深度。

參觀貝加爾湖海洋生物博物館，了解貝加爾湖的前世今生，風華特色。最後住進建築在山丘上的木屋飯店。這裡用餐、散步，甚至在房間裡都可以盡情覽湖光、賞山色。這湖邊山上，氣溫低到僅兩度左右，我們開著暖氣睡覺，比在火車上過夜詩情畫意多了。

九月十日

一早起來，仰望貝加爾湖的日出，俯視貝加爾湖的晨曦。用過早餐，乘坐遊艇遊湖。我們飛越千山萬水，顛簸曠古荒地，投身世界第七大湖，面積有三萬一千平方公里，快跟台灣一般大了；光臨地球最深的湖泊，最深處達一千六百三十七公尺，比海洋還深；眺望地表上水容量最大湖，占全球淡水二〇%（二萬三千六百立方公里），如果讓全世界的人飲用，可達五十年，而無虞匱乏；親炙人間最古老最清澈的湖泊，她熟齡二萬五千歲，古老到天老地荒；更珍貴的是，水質純淨沒污染。而這珍貴得難於言喻，清麗得如夢似幻的奇幻湖泊，就是漢代蘇武牧羊的北海。匈奴單于要蘇武將公羊放牧到生出小羊來，這荒涼苦寒的極地，流傳著悽愴悲涼的故事，讓人無限感慨，也教人遐想萬千。

一個小時後，棄艇登岸，接著乘坐纜車登上切爾斯基山，登高望遠，從另一角度觀望這個千古奇湖。非常感謝旅行社周到的安排，讓我們以極短暫有限的時間，從廣角度、多種方式，接觸、了解、親炙、認識貝加爾湖。

午後二時回到伊城。在市區參觀亞歷山大三世紀念碑、白宮、音樂噴泉、喀山聖母大教堂等。

晚上九時，專車回頭往東開出，其實就是此行回程路了。但途中還有一個重要景點——烏蘭烏德，這景點意外給我帶來驚喜。

九月十一日

晨五時三十分，天剛剛亮，於微曦中來到烏蘭烏德。氣溫十二度，比屏東的冬天還冷。烏蘭烏德在貝加爾湖南緣東側約七十五公里處。一個能講華語的蒙古青年導遊接車。

導遊把我們帶領到布里亞特酒店用早餐，放好行李，稍事休息。接著暢遊這個陽光、傳奇，充滿東方氣息，教人無限遐想的城市。

烏蘭烏德是布里亞特共和國首府，三成的居民是蒙古人，也是成吉思汗不裡牙賜的後裔。我們瞻仰了世界上最大的列寧頭像，瀏覽布里亞特劇院廣場，穿過沙皇凱旋門，漫步阿爾巴特步行街，參觀布里亞特的佛教聖地——巴格沙大昭寺。再順著發源於蒙古高原，最後注入貝加爾湖，有蒙古民族母親河之稱的色楞格河邊奔馳。

途中在路邊接受老教徒獨特的擺酒接風，再登覽氣象萬千的睡獅山，四顧茫茫大地，俯瞰滾滾巨流。最後彎進俄羅斯十大最美鄉村之一的老信徒村。在這裡品嚐佳釀美酒，感受老信徒的純樸、善良與真誠。據說老信徒的祖先，於二百多年前，因不滿沙皇好大喜功，貪得無厭的統治，從莫斯科翻山越嶺，渡江涉河，以徒步苦行方式輾轉流離，來到睡獅山下，巨流河邊，開墾定居。是堅毅、不屈的意志，悲涼、悽愴的情節，造就了小村美麗的原因吧！

在赤塔、伊爾庫茨克所見的東正教堂，有個共同特色，就是顏色迥異，形狀相似，多是尖頂洋蔥頭款式。在烏蘭烏德卻風行藏傳佛教，甚至有西伯利亞最大的喇嘛廟，加上遺留眾多的蒙古後裔，多元文化的交匯，既是俄羅斯藏傳佛教中心，也成為俄羅斯最具特殊風采的城市。是否因此成為俄羅斯十三個最值得遊覽的城市之一？

九月十二日

今天是我們離開烏蘭烏德的日子。在酒店早餐時，竟不期而遇到屏東師專（今屏東大學）七三級楊文碩校友。他父親楊玉龍也是我屏東師範四六級同學。這大出意外的巧遇，顯然因緣於藏傳佛教。原來文碩帶著兩位喇嘛法師，為了籌辦佛教學院，從加拿大多倫多飛來烏蘭烏德考察、取經，也住在這家酒店。文碩畢業三十三年後，首次相遇竟然就在西伯利亞的烏蘭烏德，多麼不可思議啊！因為佛，所以有緣？還是因為有緣，所以世界變小了？

九時十二分列車出發了，列車將行駛一天一夜，預計第二天早上八時十五分到達終點——後貝加爾克斯，結束西伯利亞之遊。這一趟列車預計要坐上二十三個小時。

這天中、晚兩餐就在餐車上用餐，餐車設備還不錯，窗明几淨。特色是吃飯可以欣賞流動的風景，缺點是貴得離譜。一客六百元台幣，吃的是：菜湯裡些許碎肉、幾乎是撈不到的幾片洋蔥、馬鈴薯，一碟燙青菜，主食是蕎麥一盤加一塊淡而無味的雞肉，一杯紅茶，晚餐差不多也是這樣了。

餐車上吃得不怎樣，但在房間拉開窗簾，卻可盡情欣賞廣袤無垠的西伯利亞那荒涼、瑰麗的獨特風景，這真正是秀色可餐哪！

心得

西伯利亞一向給人的印象是：孤寂、空曠、苦寒，我們所目睹的盡是曠野、森林、草原、湖泊、河流。往往車行三、四十分鐘，不見人煙、房舍，但片片白樺樹，處處針葉林、闊葉木，殷紅、鮮黃、青翠、墨綠，林相多彩，搖曳生姿。這荒涼大地，可真孤寂得耀眼，空曠得亮麗，苦寒得燦爛，卻教人看得如醉如痴。

不談漢朝霍去病征服過貝加爾湖，不說蘇武牧羊北海（貝加爾湖），也不提元朝蒙古人曾建立四大汗國，統治了整個西伯利亞（有一千二百七十六萬平方公里），其中最少有二百萬平方公里包括貝加爾湖以東至額爾古納河（黑龍江上游，中俄邊界河）之間數十萬平方公里的土地（也就是此次暢遊地區），中俄於一六八九年訂立尼布楚條約後，陸陸續續從顢頇無能的清廷手中強取豪奪而得。我們十六位屏東鄉親包括三位屏大人——筆者夫婦及周德禎老師，算是漫遊「故土」吧！

「故土」雖荒寒，可是美麗啊！遙遠卻親切啊！我們充滿好奇、想像而往，滿懷心得、感慨而回；似乎上了一堂俄羅斯地理課，也像上了一堂中國歷史課。

原刊《六堆雜誌》第一八九期（一〇七年十月）

霧台憶瑣

今（民一〇七）年除夕（二月十五日），意外的再度重遊霧台，無端挑起幾許陳年往事。對照六十年來波瀾跌宕人生，不知要感謝老天刻意的安排，苦我心志，勞我筋骨，還是應該欣賞自己的忍功耐力，逆來順受？

*

除夕前一、二日，兒子、女兒，媳婦、女婿，孫子、孫女，甚至外甥陸續回來團圓。一貫寂靜的「槐廬」，忽然「發爐」，熱鬧了。女兒、女婿一家人稍後回佳里婆家，兒子、媳婦與我夫婦兩老，即興式的決定前往瑪家原住民文化園區走一趟。原意只是隨便走走，不想耗在家裡悶著，就是想出去透透氣罷了！

到了目的地，才知道除夕休館不開放。既然遊不成，兒子德元建議前往鄰近的霧台看櫻花去。大家原本就是隨興，到哪兒都一樣啦！於是車子隨即掉頭，越過隘寮溪大橋，直奔三地門（今改名地磨兒）。

六十年前，屏師畢業，奉派屏東縣山高路遙，隔著中央山脈毗鄰台東縣，交通最不便的學校——霧台國小。記得從我家內埔出發到霧台，先搭乘公車到水門，然後或徒步、或涉水越過隘寮溪，接著長途跋涉，翻山越嶺，步行八個小時。山徑彎轉曲折，走過吊橋，爬上「辭職坡」，一路可能與長蟲不期而遇，也可能被瀑布水花濺溼，還得小心落石，如無意外，到了霧台必然身疲力竭。

除了首次報到有黃日鴻校長、吳雄生主任帶領，人數較多，熱鬧一些，也不怕迷路，就一路艱苦登山慢行。後來因負責出納業務，須下山提領現款，比其他同仁多了幾次跋山涉水的機會。往往獨自一個人，領略千山一徑我獨行的孤寂，有時悲涼，有時豪邁。就這樣一年，上山下山，來來往往，前前後後走了十來趟。

這是畢生難忘的經驗，我不知道這是磨練還是苦難？也不知道要引以為傲，還是哀嘆命衰？記得那時心情，是鬱卒也無奈，偶然也會「順其自然」自我安慰。但最後我自豪：終於走過了，走出來了。

兒子既然提議到霧台一遊，樂得帶著老妻、兒子、媳婦同遊，也樂得當識途老馬，面對青山綠水，指指點點；面對板岩屋舍，說三道四；面對聚落風華，更可以細說從前。

霧台可是我人生開始自食其力的地方，從這裡開始，為人師表，從事教職達四十年又半。教過的學生也成百上千，難以數計！最老的一批僅十七人，現在也該有七十三歲了吧！沒機會點名，不知是否全數健在？但確知全是淳樸的魯凱族。

在這裡有太多的前塵往事，要忘記也難。

曾經上課中，偶爾從窗外飄進一團雲霧，看不清學生了，雲霧悄悄飄進來旁聽，多詩情畫意？

霧台是我生平首次領薪俸的地方，月薪三百八十元，內含山地加給七十二元。那時一輛富士霸王單車，價千元。

四位同仁合租一間房子，月費二十元，平均一人僅付五元。我們租了全台灣，也是此生租房最便宜的房子。後來有位同仁搬出，原因是得悉魯凱族習俗，家人過世就葬在房裡，表示與家人永遠相聚。原來我們的住處也曾是墳場，但其他三人，包含我沒搬走，始終住在一起，也平安無事，夜夜好睡。

有一回，和我一起同派霧台服務的同學何鳳招君洗澡，洗到一半，竟赤身裸體的衝出來，鐵青著臉，直嚷嚷：「有條百步蛇！」

午休，躺著、躺著，發現從板岩砌成的牆上，鑽出一條蜈蚣，張牙舞鬚的，竟然跟我對眼相望，好像質問我：「你是誰？為啥搶了我的地盤？」梁上更是鼠輩橫行，肆無忌憚，趕不完，攆不走。看來我們真的是霸占了「人家」的地盤，是魑魅蟲蛇在容忍我們？房租便宜原來不是沒有理由！

報到不久，和何鳳招一起再派到大武分校任教，理由是我倆年輕又是科班出身，最適合啦！由霧台到大武還得再走上兩個小時。

記得到大武首日，住進宿舍，一夜難眠，因為渾身癢，整晚手忙腳亂，忙著跟跳蚤奮戰。第二天發現，我們倆渾身「紅豆冰」。第三天兩人自動放病假回屏，由大武經佳暮而德文、三地門，完全是根據「聽說」摸索上路。雖然一度迷了路，但還是順利到家。這次不假下山，得到嚴重的處罰是：下不為例。

在大武，跟何鳳招輪流做飯，我們是屏師同學，同派霧台、大武分校，也都平生第一次做飯，做出的竟然是三層飯：底層焦了，中層熟了，上層不大熟。

霧台、大武都一樣，沒電、沒娛樂，當然也沒自來水，要看書得點煤油燈。此生我考了三次大專聯考，第一次準備了三個月，就在霧台點著煤油燈苦讀，結果鎩羽而歸，兩年後第二次聯考上榜了，考上私立淡江文理學院（今淡江大學），再一年後第三次達標，考上公費的台灣師大。

深信如果不是經歷霧台，便到不了師大。也可以說如不先到霧台小學磨練，就上不了屏東大學（原屏東師院）講台。原來捷徑有時要繞道遠處，甚至爬到高峰，人生的邏輯，有時很特別。

＊

到達三德檢查站，辦好登記手續，繼續朝霧台前進。路面平整烏黑是兩線柏油路，下坡行駛，很快的飛越橫跨隘寮溪、全台最高的谷川大橋。接著又開始上坡，一路蜿蜒曲折，經過伊拉、神山、下霧台。

霧台到了，沿路停滿車輛，只好繼續往上開。停好車，才發現已置身霧台的「雲端」了。也好，可以對整個霧台一覽無遺，欣賞獨特的深山部落風情。

路邊櫻花燦爛，招展亮麗。豔名遠播的櫻花王，竟然就種在部落屋舍庭院中，樹幹粗約三十公分，直挺挺，紅豔豔，濃密密的，遠遠望去就像一個大紅傘。在台灣很少看到這麼粗壯、茂盛的櫻花，耀眼極了，不愧是櫻花王。據說櫻花王是六十年前，從更深山的吉露，移植過來的。不就是當年我派來霧台的年代嗎？其實吉露原名叫「去怒」，記得那時我就因這個怪名，常自我安慰，面對苦難，必須「不怨」。

感慨萬千的步入霧台國小，空蕩蕩的竟然沒有遊客。六十年前日日夜夜，進進出出的熟悉校園，除了教室原址改建成兩層樓，操場改成新潮的ＰＵ跑道，增加一座司令台，氣象不同了，新穎精緻一如平地學校。其他地勢、面積沒什麼改變。就像一個人容貌與過去一樣，只是衣著變時髦新潮了。

整個校園走一圈，告訴兒子、媳婦和妻子，當年我上課的教室是四年甲班，位置所在。

繞到校園北端，建了一道圍籬，圍籬外是斷層，再朝北遙望，一片放曠，一派蒼翠，由東往西看綿綿青山，由西向東看青山綿綿。再仔細尋覓，終於找到一道白綿細線似的公路，曲折穿梭在萬仞山中。我告訴親愛的家人，這就是霧台通往大武的公路，六十年前走過，不過那時是泥巴碎石小徑。記得進入大武村前，還必須走吊橋越過隘寮北溪。這吊橋，長約五十公尺，木板是破爛的，走過才能體會什麼叫做提心吊膽，什麼叫做如履薄冰？

看過青色山脈，遙想當年大武風情後，朝右走出學校。來到魯凱文物館前廣場，指著文物館左邊道路下側的石板屋說：「那裡，就是我們月付五元房租的住處，如今面目全非，不復當年景觀了。」

對往昔磨練人生的遺址指點完畢，半日憶舊之遊，隨著日光轉趨暗淡，即將結束。

兒子熟練的駕著休旅車回屏，一路不停的彎彎拐拐，忽上忽下，只要小心駕駛，山再高，路再遙，終能擺脫層巒疊嶂的糾纏，屏東平原豁然在望了。剛好目送雞年除夕落日，此時天蒼蒼，野茫茫，但見渾圓紅璧直墜高雄的85大樓，美得豈有此理！

這大又圓又紅的夕陽，好像為此次郊遊，畫上了完美的句點。其實短暫的霧台遊，從上山到落日，不過半天而已，對我來說，心境上卻似經歷了漫長的六十年，最大的感想卻是，終於走出來了，下山了！

原刊《六堆雜誌》第一八六期（一〇七年四月）

美濃好山水

今（民一一〇）年一月六日，這天好日子。之前幾天強烈寒流肆虐後，家裡所養的孔雀魚全部凍死，之後七日起，霸王級寒流再度壓境，全台兩百多人因此猝死。就僅僅六日，這一天回暖，老友吳榮泰君邀「長青大學」同學謝順惠小姐及筆者夫婦，作一日山青水綠美濃遊。

謝小姐和我都高齡八十三，內子接近八十，吳君最年輕也已七十出頭了，群老合計超過三百歲，可說是七老八十迷你旅遊團。日子其實老早訂好，就那麼湊巧訂在特級寒流連綿不斷襲擊的日子中，難得匀出溫馨的一日出遊，天公作美了。

美濃，不陌生啦！就讀屏東師範時，四六甲班五十一人，客家人約占三分之一；而客家人中，約二分之一是美濃籍。其餘就是長治、內埔、竹田、萬巒、佳冬、新埤各地零星分配，多則兩人，少則一人。可見美濃客家人重視教育，愛讀師範。因為同學多，所以對我來說美濃不陌生。

這次雖僅一日遊，卻很深入，看到以往不曾看到的一面。原因是帶團的吳榮泰君是道地的美濃人。他是我屏師四六甲班美濃籍已故才子林作雄兄的學生。由他帶領老師的同學與夫人、朋友，遊覽自家故鄉，能不盡心、深入嗎？

吳君開車從屏東出發，經由鹽埔、高樹前往。越過高樹大橋，向右奔向龍肚獅山里，再繞向東側前往獅形頂，參觀主拜神農氏的朝天五穀宮，再繞道側後方，步行約五分鐘，抵達獅山頂觀景台。

獅山頂海拔一百三十公尺，觀景平台類似一個斷層，用石柱圍欄，鋪以紅磚，老樹蓊鬱，有巨石可坐，有涼亭可歇，有閣樓可登。欖仁樹葉已嫣紅，氣氛蕭瑟，卻也安詳，呈現一種迷人的優雅與寧靜。

它東臨木瓜坑，南偎著濃溪，左側是龜山、象山，右翼是虎山、雞禽家。朝西遙望旗山的馬頭山、鼓山、旗尾山，往北延伸則是雙峰山、福美山、人頭山、靈山、月光山，一派蒼翠山脈，綿延不斷，像美濃天然屏障，美不勝收。美濃平原一覽無遺，高屏溪隱約可見，美濃竟有如此清幽觀景台，意外啊！

看夠綿綿青山，田疇沃野，吳君接著帶領我們觀看美濃的水風景，一睹獅子頭水圳，那悠悠綠水。

車停橋邊，只見路邊矗立一面招牌，大剌剌的三個字「上河壩」。滔滔流水，由北朝南瀟灑流淌，水圳兩側水泥鋪成護岸，兩岸翠樹搖曳，風情萬千。圳邊陳列四座洗衣石板，這田野鄉間，竟然還有人在圳溝邊洗衣？看看那流水清澈無比，有什麼不可以呢？我們看得如醉如痴，慨嘆不已，實在是難得一見啊！

這股清流，原來是從荖濃溪引水，在竹子門西側建造發電廠（日人建設，一九〇八年完工），發電後將水引進市區，這水道便是獅子頭水圳。另外再設立許多分支水圳，用來灌溉美濃四千甲農田。

吳君開著車，再繞幾個彎，來到十穴。

十穴是因獅子頭水圳在此建造了一個水閘。這水閘有十個閘門，看起來像十個洞穴，當地人便稱呼這個地方叫做十穴。十個閘門其中四個閘門的水流向吉洋，另六個閘門的水流向中壇、美濃，稱為獅子頭圳第二幹線。到中壇五隻寮附近再分支叫獅子頭圳第二幹線第一支線。至於流向吉洋的，到吉山街附近又分支出第二支線。

獅子頭圳第二幹線清澈的圳水穿過水橋，流向市中心朝北再折向西，曲曲折折的還分出許多支線。這些幹線、支線源頭是荖濃溪，加上由東向西貫穿美濃市區的美濃溪，也有許多支流和水渠，如此天然、人工溪圳水道，綿密得像蛛連網結。美濃就是不缺水，種什麼就豐收什麼，種啥就出名啥！花海、白玉蘿蔔、橙蜜小番茄、野蓮，甚至早期的菸葉，無不緣於豐沛的水源。美濃地名取得妙，農田有水，有水便美；美了便可貴，可貴就是福氣。

在龍肚山區掩映於翠樹蔥蘢的美綠生態園區用過午餐，吳君帶我們到市區永安老街附近，觀看美濃的奇景──水橋。

橋，原是為人或車行建造的。水橋，顧名思義，則是為流水建造的。這水橋由日本人設計建造，本來是木造，於一九〇九年完成，一九二七年改以鋼筋混擬土重建。橋面寬約兩公尺，行人、機車可行走，深可兩公尺。從遠處望去，像是一道長條形的箱子，高掛美濃溪兩岸。我們從永安街這頭向南漫漫而行，長約一百公尺。如此人行橋上，水流橋中。橋下美濃溪由東潺潺西流。沒想到精靈得無孔不入，無處不滲的水，也有交流道，而且是立體交流道，見識了。

離開水橋，繼續前往美濃西側月光山、靈山，群山下沿福美路，及附近田間穿梭。不時可看見路邊溝渠，其實那些溝渠都是獅子頭圳支線。

在幽靜肅穆的廣善堂稍事休憩，繼續穿過田中小道。最後來到一個淳樸民宅停車，是吳君堂姊家。原來吳君向務農的堂姊訂購了橙蜜小番茄，分送給我們。

吳君把車子開向遠近馳名的美濃湖，是湖仍舊山明水秀，依然嫵媚可愛，匆匆瀏覽，已是薄暮時刻，該回屏東了。吳君認為還早，說月光隧道就在附近，好意的又把車子開向月光隧道，專程穿越月光「山洞」，到出口再繞個彎，折回，結束今天的行程。

多次應同學邀請暢遊美濃，唯獨這次最深入，感受最深刻。

美濃北部有巍峨中央山脈坐鎮；東側竹子門、茶頂、美濃、龜、象、虎等青山綿綿，外沿便是浩浩荖濃溪；西側月光山、靈山、福美山、旗尾山等，山山綿延，嶔崎旖旎。其間便是美濃平原，就像一個小娃兒，背後有個巨人（中央山脈）伸出右手（西側群山）擁抱、撫摸，左手（東側群山）則引水、撥水，似幫娃娃沐浴盥洗。長年累月，永恆不息。如此好山好水，月光山下，地靈人傑，人才輩出；荖濃溪濱，平疇沃野，物產豐隆，得天獨厚，風華不自現也難啊！

美濃山環水繞，形勢優雅，地理自然天成，真是天之驕子！

原刊《六堆雜誌》第二〇四期（一一〇年四月）

故園舊夢・山高水長

一〇六年三月二十九日，屏東師範（今屏東大學）四六級同學舉辦畢業六十周年同學會，見識了屏師人的風采活力。

六十多年前，十五、六歲靦腆羞澀的青少年，如今都變成華髮滿頭的八十歲老人了。

有的佝僂著身軀前來，有的步履蹣跚，靠家屬攙扶參加，甚至有家人推著輪椅出席，為的就是見見老同學一面。這些老同學有的從中部、北部，甚至從美國專程回來參加。老同學們心裡有數，不會有畢業七十周年同學會了，所以格外珍惜難得的機會，排除萬難，就是要看看老同學的老樣子。

部分同學是六十年來首次見面，不看名牌，還真不知道這陌生的熟人是誰呢？大夥兒相「認」歡後，莫不洋溢著興奮的心情。

被邀請出席的師長是佘兆敏及劉天林老師，分別是八十八、九十高齡了。兩位老師是四六級同學二、三年級時才到校服務，算是當時最年輕的老師了。如今兩位老師看起來都神采奕奕，和同學比起來，已看不出是師生關係了。六十年了還能快樂見面，不但是幸福，也是難得的情緣。

這次同學會總召集人林秀蘭、邱維河，認為大家都屆耄耋高齡，舟車勞頓，諸多不便，建議少開籌備會，直接指定我擔任總幹事。因為我在母校服務三十多年，退休後也住在學校附近，籌辦同學會較方便，要我全權籌辦。我義不容辭，認為應該為老同學辦一場別開生面、獨特的，或許是最後一次的同學會。

畢業六十年，何其漫長？就當作喜事辦吧！撰寫了一副對聯，高高的、顯眼的掛在講台上。上聯是：「走過花甲歲月，重回故園溫舊夢」，下聯是：「歷經六十春秋，最難同儕相見歡」，橫批則是：「山高水長」。

對聯意思清楚明白，不須多說，對於出自母校校歌的「山高水長」我卻賦以新解。「山高」是指師長恩澤如蒼蒼雲山，應感恩；而「水長」是指同學情誼如泱泱江水，當珍惜。今天的聚會、場面不就是「山高水長」嗎？

耄耋高齡，多麼難得！也該當作大事辦吧！於是自掏腰包，出版《槐廬散記》。此書記人物，敘人事；抒人情，寫人性，其實就是描繪、反映人生。是真人真事，或正面寫，或反面敘，彰顯人性的可貴與可嘆。十二萬言的人生心得，淋漓盡致，情真意摯。四十三篇散文，不全然為同學下筆，但實實在在是為同學而出版，意外的見面禮，老同學應該樂得接受吧！

擔心部分同學不便參加，也怕同學與會時間不充裕，於是別開生面，設計專欄「砥礪屏師人語錄」。請同學盡情的、隨意的撰寫六十年來，身為屏師人的心得感言，有話儘管說，有意見盡量提，與回函一併寄回。這份語錄於報到時便及時獲得，得以先睹為快，備感親切。

除了師長及校長致賀詞嘉勉外，再請各班代表陳義一、賴謹儀、徐英年報告同學活動、近況，氣氛輕鬆，場面活絡，但最特別的是影片播放。

最先播放的是，國家教育研究院製作的台灣百大愛心教育家張效良校長專輯。十四分鐘的溫馨親炙，教人分外感念。「屏師教育動、動、動」僅七分鐘，卻撩起無盡回味，既懷念又感嘆。六十年前迄今僅存的「古蹟」，只見大煙囪、寶塔聽教、三棵芒果樹（只剩兩棵了）、及防空洞，僅僅四十秒，卻教人無限遐想，不勝感慨。

最特別的是，同學及兩位師長，六十年前與六十年後對照的相片。逐一播放，充滿情趣，深具意義。

影像看完了，接著大合唱校歌，嘹亮、莊嚴、平和，為同學會帶來高亢振奮的氛圍。

考慮同學們的體能，就留在會場拍照留念，先全體照，後各班照。午餐也就便在會場隔壁教室、陽台享用。同學們自然組合，圍桌閒話，說不盡的前塵往事，談不完的歲月風華，這種機會太難得了，怎能不盡情把握呢？

兩點了，帶領同學們進行最後一個節目——校園巡禮。

由當年屏師八景之一「椰風月影」遺址——今日的科學館出發，沿運動場南側向東漫步。昔日的「柳塘垂釣」、「翠樹飛紅」已變成新建游泳池了。來到大操場東側盡頭，向東仰望一座灰黑、陳舊的大煙囪，古老但高傲的直插雲天。當年煙囪下是廚房、餐廳、禮堂三合一校舍。如今大煙囪不再炊煙裊裊，餐廳、禮堂也改建成思源樓，是體育教學館及辦公室，既無煙火味，也不再人聲鼎沸了。

向北轉個彎，來到當年是木造日式男生宿舍，現在竟新潮到變成男、女生合住的光華樓。朝西再憑弔三缺一芒果樹，「古早時」三棵芒果樹，就在男生宿舍前，算是男生宿舍的前院。

當時學校管理嚴峻，愛點名，累計同學們一早起床後，直到晚上睡覺前，每天竟多達十三次，我們戲稱「十三點」。芒果樹下，是每天最後一點——晚點集合場所。還記得一定得唱完愛國歌曲後才能睡覺，那些年大夥兒天天都「愛國」。

芒果樹旁北側是號兵宿舍，當時生活作息是以號角為準的。兩位號兵一高一矮，認真負責，容顏迄今猶記憶清晰。日日夜夜吹號，為時間鋪上音符，提醒同學們按時作息，印象鮮明、難忘啊！如今此地一片碧綠草坪，點綴著幾棵蒼翠梧桐。

佇足觀望已失聲、失效的「寶塔聽教」，孤寂的矗立在操場東北角，這是當年風靡屏師人的寶塔猜謎，其實就是播音塔。向東看，那是網球場及女生宿舍。當年附近遍植香蕉，是「蕉雨書聲」遺址，現在已變為藝術展覽館、視覺藝術系辦公室的六愛樓取代了。

再朝西順著至善樓——六十年前的籃、排球場，沿走廊走到盡頭，朝前向右看，眼前一片空曠綠地，似乎看到一畦一畦，滿眼高麗菜、四季豆、花菜……是當年的菜畦啦！也是四六級各班教室原址。但事實是，眼前一地車輛。菜園變成停車場、音樂館、表演廳了。

最後回到校友之家，校友之家便是當年的西校門。旁側有古意盎然的防空洞——四個僅存古蹟之一，靜靜的躺在校園西側邊陲，似在冷眼欣賞屏師如何演出白雲蒼狗。

一趟校園巡禮，新樓舊館參差看，物換星移恍若夢；想想往昔，看看今日，真正感受到什麼叫做面目全非，領教了什麼叫做滄海桑田？不過這真正是再回故園，重溫舊夢，紮紮實實撩起些許惆悵與傷感。

在校友之家，同學們難分難捨，於是成堆成群，三三兩兩，天南地北，再聚再敘，直到興盡而散。

終於，曲終人散。別了，何年何月何日再聚？無人聞問，是不敢問？還是不忍問？心照不宣，就讓時間決定吧！

原刊《屏東大學校友通訊》第七期（一〇六年十一月）

別開生面忘年會

一〇六年十二月二十六日，屏師（今屏東大學）四六級同學舉辦了一場別開生面的忘年會，其實就是地道的同學會啦！不過這回同學會，的確有點兒不一樣。

「忘年會」全部工作，包括聯絡邀請，餐會供應，茶點招待，場地布置，甚至伴手禮等等，全部一個人獨力包辦、張羅、規畫。

這個人既出錢、出力，費神、費心，還提供場地。他向來關心同學，特別想念居住遠處，長年不見的同學，也經常探望長住療養院的同學。這次就是因為一位自美國回來探親的同學，表示懷念當年相濡以沫，同床共硯的屏師四六甲班夥伴，因此熱心的主動規畫一個不一樣的同學會。

這個另類同學會，不在母校舉行，不製作同學錄，不收費，不徵信，沒邀請師長，也沒有「制式節目」，不拘形式，就是隨便座談。報到時間是十點整。不過這也僅供參考，早來遲到都歡迎；先離席晚道別也隨意。大夥兒相見歡，互寒暄，隨便坐，自在聊。總之，就是同學見見面，聊聊天，場面自自然然，氣氛溫溫馨馨，所以就取名「忘年會」。

「忘年會」，名稱取得好。因為，這位一肩挑，獨力主辦的老同學，已經是八十歲的老人了，用心、費勁、吃力不討好的辦一場老同學見面大會，天真熱心得幾乎忘了自己的歲數，搞不好也許忘了半年多以前，一〇六年三月二十九日才正式的、隆重的辦過一場畢業六十周年同學會。他似乎忘了年月，忘了年齡，就是要見面相會，所以取名「忘年會」不也貼切？

這個忘記老，不服老，既真誠，又熱心的同學，就是當年屏師四六甲班的第一任班長邱維河同學。

忘年會會場就在長治鄉德協村，維河兄府上——憶恩廬。憶恩廬位在屏東通往三地門的二十四號公路邊。是一幢斜頂平房別墅，房舍不巍峨，不宏偉，卻優雅、精緻。前庭、左院、後園都空曠，遍植椰樹，廣鋪草皮，綠蔭濃鬱，繁花如錦，占地約一公頃。左側庭院搭建了車間、涼亭，在樹蔭下，芳草邊，擺上桌椅，清涼舒適，喝茶、聊天皆宜，這就是忘年會的溫馨會場。

「憶恩廬」門口掛著長條幅木匾書撰的門聯：

憶念永懷椿萱德厚
恩澤毋忘手足情深

門聯已烘襯出「爐主」是個厚人倫、重情義的性情中人，難怪對老同學們即使歷經半世紀，走過一甲子，仍舊念念不忘同窗共硯情，三不五時獨力舉辦同學會。類似這樣的同學會，這已是第二回了，其實屏師四六級畢業五十周年、六十周年在母校舉辦的同學會，他一樣出錢、出力擔任總召集人。他是屏師四六甲永遠的班長，就是喜歡帶著大家見大家，大家高興了，他就快樂了。

這次聚會，連同眷屬約五十人參加，在維河兄府上附近小有名氣的客家小吃用餐。席開四桌，飯後水果、甜點——特甜蓮霧，手工麻糬，都是事前訂製的。離席之前，再送一份伴手禮——聖女番茄一盒、客家紅龜粄兩隻。主辦人的周到、貼心令人感念。

回到「憶恩廬」再請有點像同學，又有點像眷屬的「插班生」——晚風「同學」照張全體照。接著有事的先離開，有閒情的、捨不得離開的，留下繼續聊。仍舊是熱烘烘，依然是溫馨馨，今天出席的自然是賺到了——不管是手裡或是心裡。

同學們都年過八旬，能出席的當然體能都還好，幸福啦！遠住基隆的義雄原答應出席，但不良於行，視力也差，兒女實在不放心，臨時決定黃牛；住左鎮的鶴雄，因夫人日前不慎跌傷，需照顧夫人，也無奈失約；信平則是女兒開車前來出席，很早就到了，也見到了大部分的同學，但因膝蓋不適，不想和疼痛拔河，不捨的先告辭，他說：「見到了老同學就滿足了，可以了啦！」一半是無奈，半是無助；我們則是既感慨，又感傷。卻也有當年因細故心生芥蒂，有怨懟或有愧疚，或不願或不敢面對老同學，選擇缺席。但這場面多難得？這情境多珍貴？沒想到，獨特的忘年會，溫馨之外竟參雜些許遺憾。姑撰一聯，聊表感懷，並向維河兄致敬，聯如下：

不易啊！漫漫華髮歲月，得聚首處且聚首，春秋佳日莫放過，憂可忘，怨可忘，毋忘忘年會。

珍惜吧！滾滾紅塵人海，想談心時便談心，風雨故人難得來，情當憶，義當憶，長憶憶恩廬。

原刊《屏東大學校友通訊》第八期（一〇七年四月）

屏東師專語文組精采記

屏東大學中國語文系的前身是屏東師院的語文教育系，而語文教育系的前身是屏東師專語文組。語文組的核心則是國文教師，教師規畫課程，用心教學，主導學生學習，使之成龍成鳳，成為教界新銳，杏壇尖兵。

普師五九甲創紀錄

五十八年筆者回來母校屏東師專服務，因郭惠民導師推薦，擔任屏師普師科最後一屆五九級男生班導師，並上國文課。

這班普師科最後一屆的學生，國文程度好，個個乖巧、懂事、用功。一年後畢業了。普師科畢業後服務滿三年，成績夠好可以申請保送師大，進修深造。因為是最後一屆，結果年年都可以保送三位同學（含女生），在前乏來者，後繼無人的情況下，保送師大就讀人數較歷屆為多，加上以參加大專聯考考取大學的不乏其人，意外造成屏

（普）師五九甲成為屏師開校以來到師大進修人數最多的班級。甫回母校就擔任「升學率」最高的班級，有點意外！

屏師普師時代，沒有分組，特色是：除了三動教育之外，最重視語文課程。國文課不只連上三年，每周還得上六節課，每周撰寫周記一篇，書法大、小楷三張，每兩周撰寫一篇作文，寒暑假寫日記加注音。以上作業一概用毛筆書寫。

語文訓練是屏師教育主軸，普通科其實可以說是師專語文組的前身，所以把最後一屆普師科列入師專語文組，一併回顧追憶。

屏師專六三甲寫傳奇

一年後，普師科結束了，五十九年夏屏師全面進入師專時代。

屏東師專早期是入學分班後，直到畢業，同班同窗到底，但到四年級便以興趣為主，選定組別，經常要跑班上專業課程，譬如「中國文學史」這是語文組的課程，各班選修語文組的同學就得跑教室集中上課。後來改變成到四年級重新編班，以組為單位再度分班，通常一個組便是一個班，甚至兩個班，人數少的組便合併成班。

當時開出語文組、史地組、數理組、生化組、美勞組、音樂組、體育組、輔導組、行政組、幼教組等，學生依興趣選定組別。語文組的人數較多，往往自成一班，甚至兩班，或拆成兩班，再分別和其他各組合併成班。

五十九年九月起，竟然一連四年擔任師專六三甲班的國文老師，也就是從二年級直上到五年級畢業為止，整整四年。對同學們來說，同一位國文老師一連上四年，當然太久了，是絕無僅有的紀錄，對我來說何嘗不是？可說是此生唯一，也是新紀錄。六三甲算是另類語文組吧！

這班傑出、優秀，在二年級的時候，辦過一場鴻雁藝文展，展出剪紙、書畫、模型、手工藝品、圖案設計、資料收集冊等林林總總，無奇不有，立體平面，鉅細靡遺，內容豐富，作品精緻，令人驚豔。全班每位同學都有作品展出，每位都才華畢露，對屏師專來說這是空前也是絕後。這個班，畢業後竟有十七位同學經甄試，出任校長，另加一位附小代理校長，再創一個空前絕後的紀錄。

此外還有兩位表現傑出的同學。陳瑞忠曾任高雄縣教育局主任督學、處長。詹明儒在校時作文課表現優異，畢業後以〈進香〉得時報文學獎小說組首獎，而後又得台灣文學獎、金典獎、巫永福文學獎，是台灣文學大作家。

語文組轉變了

每年到了火紅鳳凰花開時節，屏東師專的應屆畢業生，便忙著在畢業典禮之前，將五年來所學習成果展現出來，這叫做畢業成果展。譬如音樂組舉辦音樂演奏會，美勞組舉辦美勞巡迴展，這是傳統也是慣例。語文組一向是屏東師專的主流，人數也一直是多於其他各組，但每年畢業時不是當觀眾，便是當聽眾。

六十八年擔任六九級語文組的導師，於是出點子為語文組作一些改變。暗示學生畢業前師法美勞組、音樂組，留下一些紀念。於是六九級語文組為屏東師專開了先例，編印畢業紀念專輯，題名《芃耘集》。

此後語文組畢業班只要是我帶的班，陸續舉辦成果展。七一級語文組有甲、乙兩班，我擔任甲班導師。畢業時語文組編印了《怡文集》，恭請退休校長張效良先生題字，並請段茂廷校長、乙班導師趙伯雲老師、教授兒童文學的徐守濤老師及筆者寫序。

在師專改制升格為師範學院（民國七十六年）之前，我還擔任七四級甲班語文組導師。早在升上五年級的時候，便提醒他們，思考及早籌辦畢業成果展。這屆語文組人數也不少，甲班純語文組，乙班是語文組與數理組合併成班。畢業前師法七三級語文組，舉辦一場詩詞吟唱會——陽關三疊。於七十四年六月十三日晚，在音樂館圓廳二樓演出，竟然擠滿觀眾，意外的成功，為語文組留下難忘的回憶。同學們以自己的詩、詞、兒童文學作品為主題，以舞蹈、短劇、樂音、清唱，美妙而自然的展現給觀眾。這是一場聲色俱美的演出，但意外的美好演出卻成為絕響。

語文組起風了

師專時期，選修語文組的人數最多，為鼓勵學生大量閱讀，每年舉辦博雅叢書閱讀心得徵文比賽，發獎狀，給獎金，編印專輯。也舉辦學生論文年賽，遴選優秀作品予以發表，發獎狀，給獎金。密集的寫作競賽和訓練，大大提高學生語文能力。

七十年，五年級語文組廖炳坤以小說〈大樹伯的悲哀〉參加中央日報明道學生文藝獎，榮獲小說組首獎，得獎金三萬元。同年稍晚，四年級語文組吳惠平以〈青山綠水美濃遊〉參加中國語文月刊徵文，榮獲散文組首獎，得獎金三千元。

歷屆語文組同學多代表學校參加各項語文競賽，也屢創佳績，譬如七十三年參加教育部國語文教育論文比賽獲得師範院校組第四及第五名。七十四年更進一步，獲第二及第三名，及佳作一名。

事實上，語文組同學不止能寫、能說、能演、能唱，功課更令人刮目相看，不僅在校優秀，畢業後更傑出。師專時代自五十四年起至八十年止，二十六年間選修語文組的同學，畢業後修得博士學位者，據筆者統計，名單如下：五九級蔡銘津，六〇級楊基銓，六四級孫敏芝，六六級陳訓祥、黃世鈺、姚德義，六八級王秀玲，六九級張屛生、朱銘貞，七〇級鄭富春、宋邦珍、洪來發、田福連，七二級潘裕豐、杜宜展、王瑞安、曾秀鳳，七三級陳武雄、鄭瓊月、陳麗紅、王祝美，七四級林晉士、張瑞菊、田建中，七五級蓋琦舒（原名蓋美鳳），七六級侯美珍、游宗蓉、顏妙容、葉秀娥，七八級謝敏玲，七九級吳佳芬、吳敏華、吳振賢、曾守仁、楊淑玲，共計三十五名。時日既久，恐未必完整臚列，如有缺漏請知者惠予補正。

更難得的是，六四級孫敏芝係公費留學英國約克大學，學成歸國後回母校任教，曾任教務長、國際長、進修學院院長等職。六六級陳訓祥曾任嘉義大學主任祕書、高雄科工館館長。七四級林晉士曾任高師大國文系主任，現任高師大文學院院長。

最特殊的是，普師科五九級李武宗服務期滿後，放棄英文不予準備，考取中原理工學院物理系，後轉機械系，再留學美國紐澤西大學獲碩士學位。回國後任職歌林家電、中華汽車，轉任鴻海精密工業公司大陸地區深圳、崑山、武漢、重慶四園區董事長、副總經理等職。英文差卻留學美國，由杏壇轉行實業界，成就耀眼，沒勇氣、毅力、勤奮行嗎？

良師遇英才

語文組在師專時期是第一大組，人數總是比其他各組多，常問學生為什麼選語文組？答案多為：師資好啊，老師認真教學。其實這不是恭維話，的確當時有溫文儒雅的余兆敏老師，博學謙虛的董忠司老師，亦儒亦醫的侯秋東老師，能言善道的陸又新老師，委婉親切的徐守濤老師，個個都是良師典範，聆聽教誨，如沐春風。再如張榮輝老師的幽默，李慕如老師的勤奮，黃瑞枝老師的天真，陳寶條老師的穩健，鄭傑麟老師的率直，全是學生仰慕學習的對象，也難怪語文組長盛不衰了。

有道是：「巧婦難為無米炊」，說明無好食材即無巧婦。其實教育也一樣，無英才便無良師，因為朽木不可雕，糞土之墻不可圬。只有材實墻堅，方可精雕細琢，才能刮垢磨光。要是學子不堪，大師也無奈啊！當年學子是嚮往屏師，努力勤學，榮登金榜。經三載浸淫或五年琢磨，百鍊成鋼，既造就自己，也為母校爭光，更成就屏師大名。

師範生資質不凡，語文組同學勤勉不懈，表現不俗，令人懷念！

原刊屏東大學中文系退休教授文集《高山仰止》（一一一年六月）

老子談生死論有無——和光同塵

老子的《道德經》是一部奇書，雖然僅僅八十一章，約五千言，但內容之豐，哲理之深，智慧之高，恐怕五千部大作也講不清，說不透；其實老子全書文不長，言不繁。行文看似簡單，其實深邃婉轉；遣詞造句看似瑣碎，其實理論結構完整。最重要的是，立意看似消極，其實熱情洋溢。

所以歷來對老子一書解說紛紜，附會多，誤會深，甚至認為老子因處亂世，故其人悲觀，其書消極；是亂世人，是哀世書。但事實是，其書其人象徵著中國人的智慧，也深深的影響著中國人的人生態度。本文試就書中生死觀和有無論，分析其積極涵義。

談生論死

貪生怕死，人之常情，如何面對死亡？老子有獨特的看法。

老子說：「天長地久，天地之所以能長且久者，以其不自生，故能長生。是以聖人

後其身而身先，外其身而身存。」（七章）

這句話的意思很容易被誤會成：若要永遠生存，根本之道就是不要生。因為沒有生，就不會死啊！所以不生就能天長地久。

又說：「寵辱若驚，貴大患若身……何謂貴大患若身？吾所以有大患者，為吾有身，及吾無身，吾有何患？」（十三章）

這些話也很容易被誤會成：太重視自己，是一大災禍，所以針砭之道是「無身」，也就是「忘身」，不過分重視自己，就不容易惹是生非，招來禍害。

不生便不死，無身就無患，這好比：沒有天就不會有天災，沒有人就沒有人禍。是啊，無本便無末啊！看來像正本清源，立論正確。但問題是：既已生而為人，自然便有身軀、生命，人生已然是進行式了！什麼苦難、厄運遲早或早已降臨，就等待考驗我們的智慧。

老子的不生、無身，其實含有更神聖嚴肅的用意。

老子第五十章的第一句話便說：「出生入死」。他定義人生，認為自生至死便是人生，沒說明死的實際狀況，卻簡單的說明要如何生：「蓋聞善攝生者，陵行不被兵甲，兕無所投其角，虎無所措其爪，兵無所容其刃。夫何故？以其無死者也。」看來像談如何養生，其實是教人如何面對死亡，或者說如何求得好死。

人生道上，曲曲折折；艱難苦恨，林林總總，如何做到身無披甲卻能刀槍不入？即使犀牛的頭角、老虎的爪牙也無法傷害。老子認為這是可以辦到的，重點就是：「以其無死者也」。

如何「無死」？其實可以解釋為：無懼於死。老子第八章提到「上善若水」，認為水是人生最好的啟示，至柔，至剛；能屈，能伸；可清，可濁；有時浩浩巨流，有時涓涓細流。人如何生，如何死？當然可以出生入死，也能置於死地而後生，老子教人應當體會「水」的特色，複製「水」的風采。

老子認為生命有兩種，即肉體生命和精神生命。前者有形，後者無體；前者是體魄，後者是靈魂；前者有限，後者無窮。作為一個統治天下的君王也好，或是一個凡夫俗子也罷，凡是人不分貴賤、尊卑，都可以做到，或者說都該做到：「死而不亡者壽。」（三十三章）

「死」是指四肢五官的枯萎凋零，「不亡」則是指精神永存，典範常在。老子認為：凡人要注意的是涵養人格，建立自我，形塑自己。成為一個自立自強，堅毅不屈的人。做到了，便是精神不死，永遠存活。千古聖賢，萬世師表，不都是如此嗎？

所以老子說「不生」、「無身」，既不是貪生怕死，也不是逃避困厄的駝鳥心態。真正的用意反而是要「養生」、「修身」。鼓勵我們既生而為人，即使人生波瀾不已，磨難不斷，也該勇敢面對，積極淬煉心志，激發堅忍勇毅，勇敢面對苦難，必要時可以殺身成仁，捨生取義。這才是「無身」、「不生」的真正意義，說白了就是不怕死，目的在追求精神永生。

譬如，周文王坐牢了，能演繹出六經之首《周易》；左丘明眼瞎了，寫下了千古名著《國語》；孫臏腳斷了，撰著戰爭寶鑑《孫子兵法》；司馬遷含冤受腐刑，竟撰著史學寶典《史記》；孔子蒙難於陳、蔡，吃野菜，啃樹皮，幾乎餓死，卻著作闡揚大義的《春秋》。

這些千古留名的聖賢豪傑，無一不是在窮愁潦倒，冤屈難伸，備受凌辱，生不如死的情況下，動心忍性，淬礪奮發，與災厄抗衡，為信念苦熬，最後卻能散發耀眼光芒，典範長留人間。就像文天祥〈正氣歌〉所說：「時窮節乃見，一一垂丹青」。文天祥不就捨生取義，做到了「無身」；史可法跟著殺身成仁，做到了「不生」。這就是所謂「死而不亡者壽」的真義。

說有道無

凡是人都怕一無所有，老子卻教人如何無中生有。

老子曾說：「無，名天地之始；有，名萬物之母。故常無，欲以觀其妙；常有，欲以觀其徼。」（一章）

老子認為天地、宇宙之始，原本是無形象，無實質的一團空寂混沌，這便是宇宙的本體「無」。

但經過一段漫長歲月的演化，「無」逐漸衍生了萬物。這個作用可稱為「有」。所以我們應該由天地的本始「無」，了解天道的本體精微奧妙，進一步想到萬物根源是「有」，或可體會到天道的作用廣大得無垠無涯，無窮無盡。

老子又說：「三十輻，共一轂。當其無，有車之用。埏埴以為器，當其無，有器之用。鑿戶牖以為室，當其無，有室之用。故有之以為利，無之以為用。」（十一章）

一般人往往只知「有」的好處，而忽略「無」的功能。事實上「無」的功能比「有」重要多了。例如，古時車輪有三十隻輻輳集在車轂裡。車轂因為有空間，先能容下輻，再容入軸，使兩輪連接，如此便產生了車子可乘坐、能遠行的作用。一輛車子，能方便遠行，變成「有」用，最根本的原理作用，卻淵源於原本空「無」一物的車轂裡，是因「無」產生了「有」的作用。

我們日常所見的杯子、窗子、箱子、盒子、冰箱、壁櫃、房子等何嘗不然？它們真正發揮作用的地方，正是在於「空」、「無」的部分。

第一引言（上引第一章）所述宇宙本源的「無」與萬物根源的「有」，都是指超現實界的形而上而言，說明「有」為道之用，而「無」則為道之體，有體然後才有用。而第二引言（上引第十一章）所提到的有與無，是指形而下現實界而言，兩者截然不同。不過它給我們的啟示作用、原理卻是相通，完全一樣。只是老子是用具體可見的實物實像，證明抽象虛無的原理而已。

事實是，凡人都重視「有」而害怕「無」，譬如身無分文，一無所有，都是教人擔心不安的。而「有」卻是表示擁有，象徵富有的意思，是人人盼望的。直覺上「有」總比「無」更教人嚮往、心儀。但根據老子的「有」、「無」論，不管是形而上超現實界或形而下現實界的有、無，都確認「無」是「有」之母、之根，「無」的作用遠遠大於「有」。

這個「無中生有」的原理，應用到治國、修身也同樣深具哲理。因此老子主張「無為」而治，也認為個人的修身要「無私」、「無欲」、「無得」甚至「無求」，其實就是一種無形的教化，絕不是毫無作為的意思，反而是要無所不為。譬如人之初生，原是一無所有，赤手空拳的來到世界，而後經過一番歷練、學習、努力、奮鬥，慢慢「有」了智慧、能力、財富，一切都根源於「無」。

我們先是單身，後有妻室，再有子女，接著兒孫滿堂。這不正是：無生有，有生道，道生萬物嗎？

對於「無」我們不須耿耿於懷，對於「有」更不必亟亟營求。沒有經過「無」的過程而忽然獲得「有」，或天生具有大量的「有」，既不合道理，也未必真正的擁有幸福。因此，如果我們窮愁潦倒，一無所有，其實那是變成「有」的必然過程，是自然之道，無須傷感，不必悲嘆。但這並不意味窮苦人、潦倒漢，就可以無所事事，無動於衷，更不能心灰意冷，槁木死灰。須知君子「動心忍性」、「增益其所不能」，並不是轟轟烈烈的表現在外，而是心靈的激勵淬煉。所謂「士不可以不弘毅，任重而道遠」。其中的變化過程是潛藏在無形無象之中，往往無人知曉，無人關懷，但冷暖自知，點滴在心頭，外人是感受不到，無從體會的。苦熬過來，磨練過後，夜盡天明，苦盡甘來，人生變成另類景觀，實例很多，譬如從上述生死論的結語中，所提實例便可明瞭，這裡就不再贅述了。

老子的「有」、「無」觀，正是啟示我們：一切「無中生有」，無是體，有是用；無是本，有是末。有體才有用；有本才有末。成功來自默默耕耘，歡樂總是伴隨在孤寂之後。

活著和光同塵

老子一書常被誤解為充滿出世、厭世、避世的消極思想。這種誤解主因在，對書中重要觀念望文生義所致，如果不能將一些看似消極、負面的關鍵語詞，譬如清靜、無為、不爭、謙讓、柔弱、虛無、不生、無身等等，深入鑽研，細心琢磨，是很容易被曲解誤會的。

其實清靜、無為的真義是放任自然，順其自然，不強作、不妄為。不爭、謙讓是勸人涵泳內斂，不露鋒芒。柔弱是戒人不可恃強傲物，強悍暴戾。虛無則暗示道的本原與特質，是萬物的孕場，是萬有的根源。不生、無身則是鼓勵世人遭逢變故磨難，必須淬煉人生韌度，提升精神境界，達到生命的永恆昇華。

人生本來就是困境無窮，磨難不斷，因應之道在：「和其光同其塵」（四章）。和是涵養毅力，不露鋒芒；同則是隨勢推移，與世浮沉。和光同塵便是，面對苦難，周旋到底。只是外表看來類似隨波逐流，容易被誤會為頹廢消極，但內在卻是動心忍性，特立獨行，要形塑中流砥柱。

這種裡表不一，曲曲折折，幽邈深邃的意涵，卻簡簡單單的輕描淡寫，舉重若輕。假使如同閱讀一般休閒書，隨意輕率，怎能體會出老子的苦口婆心呢？

原刊《六堆雜誌》第二二四期（二〇一一年十二月）

莊子的人生觀——韜光養晦

有人認為莊子其人思想出世，其書是衰世之書。但只要仔細閱讀，深入體會，不難發現他不但不消極，其實比儒家更熱情洋溢，更關心生命。只因行文輕鬆活潑，遣詞用字即興自然，天馬行空的揮灑，不說理，不說教；東一個故事，西一個寓言；或虛構故事，或簡單推理。點點滴滴，瑣瑣碎碎，不諄諄告誡，也不大聲疾呼，甚至不連貫，就讓讀者去心領神會，一切順其自然。

他究竟告訴世人什麼人生哲理？

尊重自然

「牛馬四足是謂天；落馬首，穿牛鼻是謂人。」（〈秋水〉）

牛馬本來就有四隻腳，這就叫天生自然；將馬頭套上轡銜，將牛鼻穿上繩索，以便駕馭，這叫做人為做作。

「夫鵠不日浴而白，烏不日黔而黑。黑白之朴，不足以為辯；名譽之觀，不足以為廣。」（〈天運〉）

白鵝不是因天天洗浴才變白，烏鴉也不是因天天染墨才變黑。這兩種飛禽一白一黑，都是出自天生，不是人為，所以無關乎好壞、美醜。

在〈秋水〉篇中還提到夔、蚿、蛇、風的寓言。

夔是一足動物；蚿就是馬陸，類似蜈蚣卻多足；蛇則無足；風呢！連形體都沒有，但這四者都來去自如，自自在在的走動。假如以人為方式將馬陸變成一足，或將夔變成兩足，必然不利於行走；畫蛇添足更不倫不類了；捕風捉影就更子虛烏有了。

莊子認為生物有足、無足，腳多、腳少，有形、無形，純屬天生自然，應順天機而行，就能順遂暢達，一無滯礙。如果違背天生自然，任意改變造作，便可能帶來惡果災害，譬如把人改造成有三腳，怎麼走？

莊子的意思是，認為人類應該尊重自然，尊重自然便是無為。用現代的觀念來說，就是不搞破壞，不胡亂作為。譬如現代生態環境的任意改變，地球暖化，空氣污染，過度開發等，這就是過度作為，結果衍生許多問題。

屏除成見

〈齊物論〉篇中有個寓言：一個養猴主人跟群猴說，為撙節費用，今後餵食分量要改成早晨餵三升橡果，晚上餵四升。結果群猴不滿，紛紛抗議。猴主人改口說，那就改成早晨吃四升，晚上吃三升好了，結果群猴滿意了！

早晨吃三升，晚上四升；或早晨吃四升，晚上三升，「朝三暮四」或「朝四暮三」，其實分量、質量都沒有變，可是群猴情緒卻因數目變化而改變。如此形式改變，實質不變，心情就受影響，不是很愚蠢嗎？

同篇另一個寓言：

「毛嬙麗姬，人之所美也，魚見之深入，鳥見之高飛，麋鹿見之決驟。」

毛嬙、麗姬兩位美人，麗質天生，人見人愛，但魚和鳥見了，便驚慌得「沉魚落雁」；麋鹿看見了也落荒而逃。人和動物看法固然不同，但莊子的真意是，人與人之間的觀點何嘗不然？莊子真正想表達的是：人不可固執己見。

莊子的意思很清楚，退一步想想，捐棄成見，求同尊異，或去異存同；進一步想想，換角度思考，或能豁然開朗，海闊天空，人際關係就能改善啦！

開闊氣度

莊子是一個豁達樂觀的人，〈列禦寇〉篇中記載一個故事：

莊子年邁臨死，弟子們商議如何厚葬。莊子卻告訴弟子們說，我以天地為棺槨，以日月為連璧，以星辰為珠璣，以萬物為祭品，這不是很夠排場了嗎？但是弟子們認為天葬不利，大體被鷹鳶啄食。莊子卻回應說，如果行天葬，擔心大體被禽鳥啄食；那用土葬便會被蟻螻蛀蝕，兩者都一樣，何必厚彼薄此呢？

〈至樂〉篇中提到一個寓言，說明一個人死亡後的境界。

莊子前往楚國，途中遇到枯乾的髑髏，不禁對著髑髏喃喃自語，問髑髏：你是因縱欲無度，以致貪生失理而死呢？還是為國事忙碌，遭無妄之災而亡啊？

晚上睡覺時，還刻意把髑髏當作枕頭。夜半時，夢見髑髏跟他說：看來你是高雅的文士，你白天所講的，我都聽到了，你提到的那兩種死因，其實都是累死人生之事。人活著為生活或國事必然辛勞，但死後境界不一樣，變得輕鬆自在了。當臣子的不再勞心侍奉皇上，當帝王的不再煩心國家大事。即使一般平民也不再憂心生活，忙碌奔波，真正脫離苦海，那清閒舒適的境界多美好啊！

所以莊子認為：「生為繇役，死為休息」（〈至樂〉），死亡是一種解脫，不必太悲傷。

莊子認知一個人的生死，像晝夜的更迭，如四時的循環。所以對人的生與死，是抱順其自然的態度，無須悲傷，不必恐懼。所以莊子的妻子亡故時，他可以「鼓盆而歌」（〈至樂〉），一點也不哀傷。

韜光養晦過日

莊子其言其行，有時看似荒誕不經，不倫不類，其實骨子裡剛毅堅忍，樂觀積極。他不唱衰人生，但勸導世人要看開；不鼓勵迴避苦難，也不要橫衝直撞，而是要細膩思考，靈活身段，勇敢面對現實。

在〈人間世〉篇裡有一則寓言，大意如此：

顏闔請益於蘧伯玉：「有一個惡人，天性嗜殺，窮凶極惡，放了他必危害社會；你勸導他遷過向善，便可能先傷害自己。他只會看到別人的缺失，卻無視自己的惡劣，如何面對這樣的惡人？」

蘧伯玉建議：首先不要激怒他，其實他像嬰兒一樣單純。他瘋瘋癲癲的，你也裝成瘋瘋癲癲，首先讓他感覺你跟他是同路人，讓他認同你，接受你。再慢慢伺機誘導他，漸漸導正過來。

不過這寓言，其實另含寓意：惡人就是人生旅程的困境，是逆旅、磨難。漫漫人生，不免苦頭吃足，滄桑歷盡，困阨顛簸既堵截不了，也逃避不了，何不與它共存，勇敢面對，深入了解，再冷靜思索，謀求解決之道？

莊子不採嚴肅說教或強力激勵，卻如輕煙，似微風，拐彎抹角的勸人尊重自然，除去成見，教人讓思考轉個彎，甚至退一步反省，了解人生本來便是得失一體，福禍相倚。想通了，自然變得豁達開朗，勇於面對一切橫逆、苦難。

簡單說，莊子在教導世人如何在亂世中快樂的活下去，這不是很積極的人生觀嗎？算是一種韜光養晦的人生吧！

原刊《六堆雜誌》第二〇九期（二〇一二年二月）

開合人生——內聖外王

今年八十三歲了，某天，在屏東大學校園碰到一位教過的學生，一陣噓寒問暖之後，學生問道：「老師年齡不小，健康不差，可見養生有道，必然人生有得。請教老師一個問題好嗎？」

他說：「老師！你那漫長人生中，最大、最深刻的人生心得是什麼？」

大哉問！漫漫八十多年，三萬多天的人生，經歷多少烏雲烈日，經驗多少強風勁雨；道不盡的喜怒哀樂，說不完的酸甜苦辣，如同二十四史一般，從何說起呢？學生竟考問起老師來了，像命題作文，也像即席說話。這不是是非題，也非選擇題，是實實在在的問答發揮題，可真是一言難盡啊！

想想這輩子，就是教書過日，教過國小、國中，教過師範、師專、師院，甚至研究所，所以小、中、大學都教學相長過。教過的科目以文史為主，譬如國文、中國文學史、國學概論、人文學概論、史記、四書、語文科教材教法、國音、專書選讀、專題研究、文章結構學等等。大多是聖君、賢王之道，為人、處世之理，能說沒有心得嗎？當然有，只是千絲萬縷，一時還真不容易理出頭緒啦！

迎曦湖中掩映在水清木華的孝親尊師亭上，既見湖水瀲灩，寧靜悠閒；又見噴泉飄雨飛霜，揮灑自如。有聲有色，既靜也動，呈現一種含蓄也奔放，對立又和諧的風采。這般風景，竟讓我悟出精簡的兩個字作為答覆，那便是：開合。

我的意思是，一個人畢生是在動態與靜態交替中度過，有時行為、舉動，有時觀察、想像，或是邊工作，邊思考。我的人生心得是：人處靜態時要能「開」，於動態時要能「合」，即使動靜交織時，也要開合自如。

人生在世無非是希望工作圓滿，生活愉快。其實工作是生活，生活也是工作，兩者二而一，一而二，這就是人生，人生就是生活與工作。但人生的得失，感受的好歹，卻決定在「內聖」、「外王」兩部分。

所謂「內聖」，是沉潛蘊涵在心靈深處的思想、意識、觀念等，臻乎深博通達的境界，就像聖人。

所謂「外王」，是指顯現於身外的言談舉止、待人接物、處事態度等，呈現完美至善的風采，一如王者。

「內聖」和「外王」，這二者其實也是互為裡表，一個人的內涵容易顯示在外，外在的形象也往往是內涵的自然流露。譬如心中有恨有怨，顯現於外必然義憤填膺，理直氣壯；外在態度親和懇切，必因心正意誠使然。一個人的風度格調，全是內涵修養與外在言行的自然顯現，人格的清高與卑下也因此形塑。

人生如能到達「內聖」、「外王」境界，便是上品人生，算是正人、達人，卻未必是富人、貴人；必然擁有安詳、平實的人生，最少是無愧，無憾的人生。

內聖，心思能「開」

內聖的特質在「開」：器度開闊，凡事想開；不斤斤計較，不耿耿於懷；不吹毛求疵，不鑽牛角尖，最後就能開心釋懷。

內聖的代名詞是豁達，豁達就是寬懷大度，譬如宰相肚裡可以撐船，或像彌勒佛嘻笑的摸撫著大肚子說：大肚能容天下古今愁，笑天下可笑之事。豁達的具體表現則是弘毅、幽默、捨得、體諒。

弘毅：所謂「士不可以不弘毅，任重而道遠。」譬如文王被囚羑里受盡屈辱，卻撰著了人生寶典《周易》；司馬遷受腐刑忍辱偷生，竟完成了歷史巨著《史記》；孫中山經十一次革命能結束傳統帝制，建立了民國。先聖先賢，如不是心懷寬大，意志堅強，怎能成就千古大著，不朽盛事？

幽默：蘇東坡被貶惠州潦倒不堪時，捧撫著肚皮對夫人朝雲說：妳知道這肚子裡裝了啥？朝雲搖搖頭，蘇東坡笑著說：是一肚子不合時宜啦！又蘇格拉底跟老婆大吵一架，捱夠了罵，走下樓梯，奪門而出，老婆竟從樓上倒下一盆清水。蘇格拉底說：早知雷霆之後，必有甘霖。

幽默和弘毅，一體兩面，也可說幽默是弘毅的潤滑劑，懂得調侃自己的人，境界更開闊，生命更堅韌。

捨得：兩千多年前張良、范蠡輔佐劉邦、勾踐，立了建國、復國大功，不但不居功，反而瀟灑歸隱，竟能善終。因為不患得患失，所以自由自在，最後善始善終，如果不是豁達，怎麼捨得？

體諒：孔子說過「己所不欲勿施於人」，凡事想到自己，也替別人著想，所謂「推己及人」，其實就是同理心，是一種「我處於你的境地」、「我感同身受，心境如你」。展現一個仁民愛物的胸懷，如不是器度開闊，怎能辦到？

面對艱困和難堪能弘毅、幽默以對，這是智慧；身臨快樂與得意卻能捨得、體諒，那是聰明。是以內聖的本質其實就是聰明、智慧。一個內涵能「開」的人，軀體縱使受盡折磨，但心境必定舒坦，最少人生不苦。

外王，言行要「合」

至於外王的特質則是能「合」。凡言談舉止，待人接物，務求合適、合宜。做事不需講道理，說話也不必講規矩，但講究合適、合宜。事情做得合適便是圓滿，話語講得合宜便是得體；圓滿的事多做，得體的話多說，人生便自在自得。

孔子到武城，尚未入城，遠遠就聽到朗朗書聲，弦歌不輟，不禁嘆息道：「殺雞焉用牛刀？」認為學生子游治理鄉野小村，竟然用那麼高級的教化方式，感覺有點大材小用。其實孔子既非諷刺，也非感慨，只是隨機幽默一下罷了。但這句話本身有趣，豈止有道理，簡直是真理啊！殺雞不該用牛刀，原因是不合適。不合適就造成不便，嚴重一點可能敗事。譬如用斧頭切西瓜也一樣，行嗎？行啊，但不方便啦！最少不能完美，砍和切是不同的，所謂工欲善其事必先利其器，要大砍還是細切，各有一定的合適工具。一個木匠要完成一項工程，必具備各式各樣的工具，要鋸要刨，要粗要細，要分要合，要直要彎，都需要各種適用的工具和材料，用對了才能完美速成，不然便困頓僨事。

待人接物，言談舉止也一樣，務求合適，過猶不及。譬如最近某位正義感濃烈的政治人物，因不滿時事，像屈原一樣憂憤，跳樓自殺。竟然有不同立場的政客幸災樂禍的說：「嚇死人啦，有賭那麼大嗎？」消費亡者豈止不厚道，簡直就是缺德，這叫做不合適。一個悲劇、憂傷的場合，盡情的開玩笑，不合適；宴席上爭先下箸，不合適；音樂會場上大聲嚷嚷，不合適；眾人歡天喜地，獨自唉聲嘆氣，不合適。

嚴格說起來所謂「合」，還真有點約束、節制的味道。所謂「合約」，其實就是要合（適、作）便要約束；所謂「禮節」，實際就是要合乎禮，就必須有所節制，不能任意、率性，譬如過分的手舞足蹈，反像張牙舞爪；過度的義正辭嚴，便像窮凶極惡，原本用心良苦，卻變得面目可憎，予人反感了。一個言行慎於「合」，懂得適時收斂、約束的人，即使不是完人、至人，最少不惹人嫌，不讓人厭。

原來八十多年的人生心得是那麼簡單：內心深處，要海闊天空，翱翔萬空，無拘無束，自由自在；身體言行，須謹小慎微，收放自然，合宜合適，中規中矩。如此而已，人生不難啦！

原刊《六堆雜誌》第二〇〇期（一〇九年八月）

感時，花濺淚——時事偶感三則

素來關心天下事、人間情，天天閱報，看電視必先看新聞報導。舉凡世界局勢，國家大事，社會新聞，鉅細靡遺，仔細閱讀、用心觀察。就是想了解自己究竟是活在一個什麼樣的國度、社會、環境裡。溫馨的、窩心的、感人的點滴心頭，心領神會；傷心的，吐血的，濺淚的，如鯁在喉，不吐不快，是以秉筆直書，為情理、正義發聲。譬如下列三則便是最近所聞、所見，有感而發。

一、吃相今不如古

今（民一一〇）年三月，正是春暖花開時節，世界各國為新冠肺炎焦頭爛額。台灣因防堵有術，平靜無事，天天零確診，一派「歌舞昇平」景象，教人心醉，有資格吃喝玩樂。於是日本連鎖迴轉壽司店「壽司郎」舉辦優惠活動，耍出花招，誘人貪吃。招數是：凡顧客姓名中有鮭魚者，可免費享用。

這下好比亂石頻投靜池，撩起陣陣漣漪，惹得年輕人「鮭」心似箭，竟引發史無前例的改名之亂，忙煞戶政事務所同仁。據統計全台有三百三十一人改名，陳鮭魚、林鮭魚、李鮭魚，乃至白鮭魚、藍鮭魚、黃鮭魚，形形色色，不一而足。只是為了口腹之欲，不惜將老爸、老媽費盡心思，絞盡腦汁，甚至求神問卜，請教算命大師，好不容易取得的千古好名，就這樣隨隨便便給改了，一時全台忽然冒出許許多多的鮭子鮭孫。

最糟糕的是，既是免費吃，那就該好好兒的吃，但這些鮭子鮭孫卻盡挑鮭魚片吃，放過白醋飯，隨便丟棄。那堆積如小山的白米飯，看了教人痛心！那層層疊疊的盤子，更教人心寒。這不是吃相難看，什麼才是吃相難看？未來的國家主人翁竟是這副德行？

古人有不食嗟來食者，固守原則，維護尊嚴，寧願餓肚子，也不接受口氣輕蔑的施捨。現代年輕人，為了貪小便宜，情願改名改姓，樂作鮭子鮭孫，飽餐一頓，開心就好。

誰料，五月中，全世界各國盡力防堵新冠肺炎有成，逐漸解除疫情警戒，恢復正常生活之際，反而自命防疫周延，堵瘟有成的台灣，因粗心大意，草率決策，引導疫情大爆發，天天上百成千人確診，如今（七月中）已有上萬人確診，死亡人數達七百餘人。死亡率遠遠超過世界平均數，與世界上最貧窮、最落後的國家齊名並列前茅。全台進入三級警戒，迄今已惶惶不安三個月矣！

三月時的得意忘形，暴殄天物，驕矜自滿。不旋踵，五月間風雲丕變，官員狼狽，百姓驚心。人家否極泰來，台灣樂極生悲，這反差有多大啊！

拙見是：做人如治國，治國亦如做人：不能驕奢淫逸，不可夜郎自大；自當謹小慎微，應該不衿不伐；最忌粗心大意，最好虛懷若谷！

原刊《六堆風雲》第二〇六期（一一〇年七月）

二、為國民黨借箸代籌

去（民一〇九）年，國民黨在高雄市長補選慘敗後，國民黨立委林為洲沉痛的說：「該告別韓流了，就當它是一則傳奇吧！」是啊！民國一〇七年地方選舉，靠韓流洶湧，藍營大勝，綠地變藍天，好不風光啊！如今補選慘敗，加上之前的罷韓、總統大選連三輪，主角都是韓國瑜。真是成也韓流，敗也韓流，不到兩年，豬羊變色，真是傳奇。

但，假如大選贏了，就沒有罷韓的問題，補選更可能乘勝追擊，韓流也將繼續傳奇。其實這次大選是一面倒的局面，選前蔡政府，狀況一大堆，假論文、偽學位、專機香菸走私、高鐵冒出三百萬、斷橋南方澳、摔機黑鷹墜等，加上先前卡管事件的野蠻，年金改革的粗暴，轉型正義的霸道。主政者不是死皮賴臉冷處理，便是大事化小，交代不清，甚至不了了之。不公不義的事件層出不窮，不該發生的案件卻蠻幹到底。連賴清德也心知肚明，他必須挺身而出。阿扁也說地方選舉大輸，大選不會贏。民心向背清楚，冷熱分明。大選前韓流一直冷不下來，連外媒都預測韓國瑜贏定了。結果呢？小英贏了，而且得票數八百多萬破紀錄。選民傻眼了，其實很多人跟我一樣，根本不相信這是真的。果然網路上解釋了，作票、灌票、電腦舞弊甚囂塵上，加上木箱變紙箱，選票不清點，唱票、計票都反常，作法異常，結果怎會正常呢？

所以建議國民黨，如果還想翻身，根本的改造工程要做。特別是對於友中的策略，對照民進黨的仇中政策，應加強論述，這是國民黨的強項。讓台灣百姓了解不仇中，對台灣有什麼好處；一味抗中將面對何種結局？口訣宜簡明、肯定，譬如，光說「九二共識」不行，說「九二共識，一中各表」也不好，因為容易被移花接木，變成「九二共識，一國兩制」。何不改成：「一中各表就是九二共識」，或者是：「九二共識就是一中各表」，再不然就說：「一中各表」。一段式表述是一針見血，斬釘截鐵，沒有下一句，清楚明白。這是國民黨該集思廣益，深刻檢討的首要工作。

更重要的是，研究督促如何公平、公正選舉業務。再像這次大選，一任中選會上下其手，為所欲為，就算請前總統蔣經國參選，一樣慘敗，沒有公正就沒有公義。

這兩件事做不好，國民黨就別玩了！

原刊《六堆風雲》第二〇六期（一一〇年七月）

三、民進黨愛台不愛國

其實應該這樣說：民進黨並不真愛台，卻真不愛國。

這個黨最常喊的口頭禪是：「愛台灣」。對不同調的人，只要跑一趟大陸，做點公益，動輒扣紅帽：「賣台灣」。「愛台灣」喊多了，成為民進黨的專利，其實民進黨只是喊爽的，從不付諸行動，有時甚至反其道而行，既媚外又損台。事實就是：沒有真愛台灣，卻百分之百不愛中華民國。

有誰聽過民進黨的政治人物高喊愛中華民國？民進黨提名選出的總統阿扁、小英，在重要節日慶典，該唱國歌時，從不唱國歌，即使勉強開口，但關鍵歌詞不是故意不唱，便含糊帶過。從來沒有大聲的、熱誠的、完整的唱過一次國歌。在重要場合，該呼中華民國時，就是三緘其口，打死不喊中華民國。實在無法迴避的時候，「中華民國」就變成「這個國家」了。

對「中」這個字，排之，抗之，甚至坑之，簡直忌諱到匪夷所思的地步。依中華民國憲法選出就任的中華民國總統，領中華民國發行的新台幣薪俸之總統，竟然不認同中華民國。每次大、小選舉，從不見民進黨提名的候選人的造勢場合，揮舞國旗，滿場飄揚著綠台灣白十字黨旗。百姓揮舞國旗陳抗小英，是違警，會被抓、要起訴，我們到底是哪一國的百姓啊！總統帶頭不認同中華民國，如何推動愛國教育呢？不推動愛國教育，怎麼團結一致，同仇敵愾？怎麼有朝氣、活力、信心來富國強兵呢？

民進黨黨綱明訂台灣要獨立建國，正名制憲。這是民進黨建黨的理想、目標，每次選舉也都高喊愛台灣。這樣的訴求、吶喊、呼籲，就是有人認同，給予支持。如今二度執政，甚至完全執政了，不管輿論，不甩制度，傲慢霸道，強取豪奪，五權全攬，該中立的司法、監察、中選會、公平會、ＮＣＣ等一概綠油油。掌控了所有國家機器，已經可以為所欲為，毫無阻礙了。台灣老百姓經投票既已同意小英為國家最高領導人，便賦予小英決策權力，為什麼還遲疑不決，不推動獨立建國？

這個黨，這個總統，明明可以透過公投宣告獨立，實踐黨綱，完成對選民的承諾。但正經事不做，卻專心做兩件事：第一件事，是死死抱著美國大腿，苦心孤詣，討好老美，無任何條件，主動開門進口當初聲嘶力竭，反對進口的萊豬。逼百姓、騙國軍吃萊豬，如今有多少萊豬，吃進老百姓肚裡沒人知道；要疫苗要不到，賣給台灣既貴又過時的武器，還感恩莫名！第二件事，是牢牢攬住日本大哥哥，百般巴結日本，駐日代表謝長廷認同日本排放含氚的核污水，蹧蹋太平洋，卻反咬台灣也放核廢水，意思是：台灣可以，日本為什麼不行？明明是駐日代表，卻盡替日本說話，真正成為「助日」代表了。日本人說釣魚台是他們的，民進黨默不作聲。備受民進黨推崇的故總統李登輝更明目張膽的說：是日本的。

民進黨的眼裡所見、所想、所依、所靠，就只有這兩個遠在天涯海角的國家：一個是歧視華人的安格魯撒克遜族——美國。另一個則是屠殺漢人、壓榨原住民的大和民族——日本。卻仇視、敵視一衣帶水，近在眼前，同文、同種、同血脈、同文化的同胞兄弟——中國。其實中國才真正是大哥哥啊！即使不抱抱，但也不該排斥、仇視啊！坐下來心平氣和談談總可以吧！

治理台灣更莫名其妙，一到旱季就鬧缺水，三不五時就來個停電。廢了核四，綠色能源不繼，於是不惜破壞生態環境，也要建三接，甚至以恢復燃煤發電要脅人民。防疫工作，虎頭蛇尾，放任染疫機師趴趴走，縮短機組員檢疫天數。諾富特飯店管理鬆散，有人早已看出問題，並早早建議應嚴肅面對，就是不予理會。現在情況惡化了，感染人數像吹氣球，數日之間，確診人數暴增，如今台灣談疫色變，人心惶惶。防疫模範生一夕之間，變成劣等生，明明是政府漫不經心，竟諷刺百姓要「收心」，意思是：這糟糕的變化是老百姓搞砸的。

民進黨這樣治理台灣，有愛台灣嗎？有厚道嗎？

原刊《六堆風雲》第二〇五期（一一〇年五月）

恨別，鳥驚心——與其仇中不如識中

台灣人對國家觀念有兩種。第一種是，認同中華民國，但不認同中華人民共和國；另一種是，承認自己是台灣人，不是中國人，從不提中華民國，也不敢說台灣國，不得不提國家名稱時，便稱「這個國家」。第二種人很累，因為沒有明確的國名，很難倡導愛國教育，便全神以抗中、仇中、去中為務，用以推動認為是愛台教育。台灣和大陸，明明是兄弟情緣卻一刀切，隔離得匪夷所思；明明是血脈相連卻二元化，區別得驚心動魄。

我是台灣人也是中國人，籍中華民國。覺得與其一味主觀仇中，不如客觀識中，最好能和中。

一、中，這個字有那麼礙眼嗎？

台灣人愛台灣很正常，但恨中國，卻很反常，沒道理，也不理性。這好比屏東人喜歡屏東很正常也應該，但恨台灣正常嗎？

人人都知道，台灣本來就是中國的領土，因為甲午戰爭中國打輸了，依馬關條約約定割讓給日本。五十年後，因抗戰勝利了，依開羅會議決定，台灣回歸中國。祖國——中華民國，因內戰政府於民國三十八年播遷來台。隔著台灣海峽，中華人民共和國與中華民國同時並存，直到今日。

在台灣的中華民國由國民黨與民進黨輪流執政，對中共的態度卻是天差地別。國民黨認同中華民國，為了台灣的安定繁榮，與中共友善，採和平共存策略。民進黨為了獨立，擁抱美、日，常以「這個國家」為國名，不屑提中華民國，對中共採仇視、敵視的態度。

目前「這個國家」由民進黨執政，而且是完全執政。其實可以逕行宣布獨立，卻又畏首畏尾，投鼠忌器，擔心獨立不成，不但亡了國，更怕失去政權，叼在嘴裡的肥肉飛了。於是不提中華民國，不唱國歌，不舉國旗，不推動愛國教育，甚至想撤掉禮義廉恥的招牌，道德教育也免了，持續洗腦下一代，繼續努力恐共，怨共，恨共，仇共，而且到了不理性的地步。

民進黨對中國無力打，無能滅；既撼不了，也撇不開。好吧！國滅不了，總可以甩掉「中」吧？於是努力去中，眼不見為淨，最好在台灣見不到「中」這個字。於是普天蓋地，三不五時推動去中運動。凡是路名，地名，校名，公司行號名，甚至建築物，紀念館等等，只要名稱裡有中字的，就想盡辦法或呼籲，或叫囂，甚至立法去中。

費心、努力的結果，成果豐碩，譬如中船改為台船，中正機場改為桃園機場，中正紀念堂改為自由廣場，成績可觀啊！連前美國駐台代表梅健華處長，竟也提示中職棒球賽，是否也該改名？難得老美也關心。最近立法院長游錫堃忽然異想天開，認為中藥可改稱漢藥或台藥，中醫也該稱漢醫或台醫。

中華人民共和國簡稱中國，中華民國也簡稱中國，民進黨的去中顯然有一箭雙鵰的用意。為了政治立場，意識形態，硬是要去中、廢中，其實曠日持久，無助經濟，無益國安。拙見是：真有魄力、決心，謹建議，宣布獨立，不需公投，因為已經實驗過，公投沒啥公信力，即使公投過了不執行，老百姓也無可奈何。獨立之後，國號就叫台灣國，簡稱台國，國旗、國歌一概重新設計、製作。更重要的是，重新創制台文，並以閩南語為國家語言，當然要廢掉注音符號，因為它是中國古文字啊！可採羅馬或日式拼音，直接廢了中國語文。這是正本清源，一勞永逸。

還有，國民黨主政時以台北為首都，一切建設，重北輕南。獨立建國後，應立即遷都台中，表示重視南北均衡發展。更重要的是，台中市應該更名為「台台市」，因為逢中必去，惟台是愛呀！台灣國首都是「台台市」，以示真正愛台，徹底愛台，期望民進黨貫徹始終，努力以赴。

原刊《聯合報．民意版》一〇九年七月二十日

二、中，這個字其實耀眼啦！

文字是文明的基因，也是文化發展，社會進步之基礎。咱們的漢字，可真是字字珠璣，千姿萬態，風采自現。千千萬萬的漢字中，最精采、神奇、可貴的字，便是「中」這個字，它甚至可以說是「字王」。

中，這個字筆畫不多，內涵豐富，變化無窮，意象繁華，像萬花筒；字形簡單，一豎直立，頂天立地，四平八穩，像不倒翁；最重要的是，從中字演化出來的詞語，具濃烈的人文風情，沁人心脾，它是成詞、造句、撰文的「精文門」。

中，是指事字，一根棍子穿過圓形器物，表達了中間的意思。對圓形器物來說，與

棍子接觸處便是正中央的意思，其本義是指適中的位置，是名詞，譬如中心、中點、中樞等。但其字義經一再引申、假借，滋生多種意義和詞性。譬如當形容詞的，如中等、中夜、中途等；當副詞的，如熱中、暗中、夢中等；當動詞的，如中獎、中意、中計等。任何時間、空間、意識、情境，搭上「中」這個字，不管前加、後附，或從中插入，詞彙展延無盡，意涵繁富多元。

中，筆畫簡省，結構單純，但傲然不屈，風骨奇絕。不管怎麼寫，由上或由下顛倒過來寫，從左或從右翻轉過去寫，都還是中，打死不變形，一路「中」到底，一個勁兒，屹立不搖。所以，心中有中，便是「忠」，這是人性中至為可貴的情操，所謂忠君愛國，忠心耿耿，忠貞不二，甚至可移孝作忠。反之，如果把中擺一邊，就變成「忡」了，不是教人憂心忡忡，便可能讓自己忡怔不安了。

中，這個字最可貴的是，從它的內涵轉化出來有關的詞、語、句甚至篇章，真是字字句句辭嚴義正，顯示優雅經典的人文格調。譬如：中道、中正、中和、中堅、中節、折中、適中、中興等。成語譬如：中流砥柱、秀外慧中、中通外直、中規中矩、雀屏中選、一語中的、連中三元等。文句譬如：書中自有千鍾粟、書中自有黃金屋、誠於中形於外、允執厥中、做中學、做中教等。經文譬如：四書中的《中庸》。

更不可思議的是，我們的國家就「姓中」，叫中華民國。話說古早以來中國世襲帝制從夏朝開始，老早就居住黃河一帶，因文化進步，科技發達，歷史悠久，自稱華夏，自認生存活動於天下四方之中，稱居地叫中原，又稱為中華。從來就是一個古老的文明大國。

一個中字，豐富了中華文化，精采了中華精神，也鼓舞了中華兒女。字典中如果缺了中這個字，就像中秋夜中，中天無月，不優美，不迷人啦！

中華民國在台首任蔣總統取名中正，社會賢達或親朋同學中，名叫光中、正中、立中、禮中、志中、偉中、宏中、振中、建中、一中，某某中的，不可勝數。國老李煥的公子叫慶中，黃少谷的公子叫任中，前行政院客委會主委叫劉慶中。即連民進黨綠營中，也有愛「中」人物，譬如前總統阿扁的公子陳致中和衛福部長陳時中就是，不是「致力中」，便是「時念中」。中國人、台灣人，藍營、綠營，都愛「中」！都知道「中」的可貴，不是嗎？

可是，今日台灣就有一大票人，整天指著大陸鼓吹反中，觀念裡仇中，行動中去中。事實上這個古老的文明大國，有時稱秦、漢，有時稱隋、唐；或叫宋、元，或叫明、清，現在叫中華。過去這個古老大國，人均所得最高，是世界超強獨大，哥倫布還沒發現新大陸之前，大明國的鄭和已經浩浩蕩蕩七次下西洋宣揚國威了，卻大器的從不順手牽羊，強占人家任何一塊土地。

不過這個超強古老大國，也有過春秋列國，戰國七雄，三國鼎立，東、西晉，南、北朝，甚至五胡十六國等分裂狀況。現在的中華民國也隔著台灣海峽分裂了，東岸的仍然叫中華民國，西岸的改稱中華人民共和國，但都簡稱中國。那大聲叫囂反中的人，食指對著大陸中國，其他四指不也對準我們台灣的中國？怎麼指都是自己人，仇視彼岸的中國，不也傷了此岸的中國？都是中國人，大家同文同種，同血脈，同文化，為什麼不能中和呢？老祖宗自始一直擁抱中，親愛中，熱愛中，後代子孫不肖竟然仇中、去中，甚至恨中，為啥啊！和中吧！

原刊《六堆風雲》第二〇一期（一〇九年九月）

—附錄—

著作目錄及生平記要

一、著作目錄

1《唐代社會詩研究》，屏東：東益出版社，一九七三年八月，一一〇頁。

2《呂氏春秋學術思想的分析研究》，屏東：東益出版社，一九七八年五月，二三三頁。

3《呂氏春秋的故事》，高雄：復文圖書出版社，一九八二年一月，二〇八頁。

4《呂氏春秋的政治觀》，屏東：東益出版社，一九八五年二月，一八五頁（按：獲國科會七十四年度專題研究成果獎助八萬四千元）。

5《呂氏春秋的政治思想》，台北：東吳大學，一九八八年二月，三九六頁（按：東吳大學中國學術著作獎助委員會出版）。

6《大學國文選精析》，台北：新學識文教出版中心，一九八九年九月，二四九頁。

7《呂氏春秋故事二百則》，高雄：復文圖書出版社，一九九四年一月，二八七頁。

8《在風雨中成長》，高雄：復文圖書出版社，一九九四年一月，二四〇頁。

9《台灣地區師範學院通識課程國文教材架構設計之研究》，屏東：東益印刷廠承印，一九九五年一月，一九九頁（按：國科會專題研究計畫成果報告）。

10《迎向開闊人生》，高雄：復文圖書出版社，二〇〇四年四月，三二九頁。

11《槐廬天地寬》，屏東：屏東縣政府文化局，二〇〇五年四月，一八九頁（按：屏東縣作家作品集）。

12《風華大地》，屏東：著者出版，二〇一〇年一月，一三七頁。

13《槐廬散記》，屏東：著者出版，二〇一七年三月，二一二頁。

二、生平記要

民國	年齡	紀事
二十七年 (1938)		七月五日，誕生於屏東縣內埔村。
四十年 (1951)	十三歲	畢業於內埔國小。

四十三年　十六歲　以第三名畢業於內埔初級中學。
(1954)　七月，報考省立屏東師範學校及省立潮州高中，均以榜首獲錄取，因家境清寒選擇就讀屏東師範學校。

四十六年　十九歲　畢業於省立屏東師範學校。
(1957)　八月，蒙派屏東偏遠山區霧台小學，到校上班除搭乘公車外，需徒步八小時才能到校，稍後派需再徒步兩小時的大武分校。

四十七年　二十歲　七月，參加大專聯考名落孫山。
(1958)　八月，改派屏東縣力社小學，從住家到校騎單車往返需九十分鐘。

四十九年　二十二歲　七月，因屏師同學李文雄及潮州高中劉德明老師鼓勵，第二次參加
(1960)　大專聯考，考取淡江文理學院（今淡江大學）外文系。

五十年　二十三歲　七月，第三次參加大專聯考，考取台灣師範大學國文系，與王邦
(1961)　雄、曾昭旭同窗共硯。

五十四年　二十七歲　畢業於台灣師範大學。
(1965)　八月，蒙派屏東縣潮州初中服務。

五十五年　二十八歲　八月，於太保、澎湖服第十五期預官役，任空軍少尉政戰官。
(1966)

五十六年(1967)	二十九歲	八月，回潮州初中服務，任教國文及體育科。
五十八年(1969)	三十一歲	二月九日，與來自香港、台師大五六級國文系畢業的同事徐守濤女士結婚。 八月，夫婦倆蒙省立屏東師範專科學校張效良校長聘請回母校任助教。
五十九年(1970)	三十二歲	三月二十五日，長女慧元誕生。
六十年(1971)	三十三歲	八月十三日，長子德元誕生。
六十二年(1973)	三十五歲	八月，以論文《唐代社會詩研究》送審通過升等講師。內子守濤同時升等講師。
六十三年(1974)	三十六歲	四月，槐廬建造完竣，舉家遷入，岳父母、外婆亦由香港遷台入住。 八月，任屏東師專實習輔導室研究組主任，主編《國教天地》雜誌。

六十五年（1976）　三十八歲　為鼓舞勉勵服務偏遠、離島地區，表現優異國小教師，教育廳委託屏東師專主辦，奉命組團前往阿禮、霧台、九鵬、琉球等小學，實地採訪並編輯《十步芳草》一書。

六十六年（1977）　三十九歲　八月，以《呂氏春秋學術思想的分析研究》通過教育部審查，升等副教授。

任訓導處課外活動指導組主任。

六十七年（1978）　四十歲　十月，《呂氏春秋學術思想的分析研究》獲教育部青年研究發明甲等獎，獎狀外獲獎金一萬元。內子守濤升等副教授。

七十一年（1982）　四十四歲　二月八日，母胡榮月辭世。

七月起迄七十五年八月止，每年利用暑假前往台灣師範大學國文研究所進修。

十月三十日，屏師首任張效良校長逝世。

七十四年（1985）　四十七歲　九月，以《呂氏春秋的政治觀》獲國科會專題研究獎助，全年獎助八萬四千元。內子守濤主持製作《童詩童心》教學影片十二集。

七十六年（1987）　四十九歲　八月，省立屏東師專改制為省立屏東師範學院；擔任第一屆語文教育系導師。

七十七年（1988）　五十歲　二月，東吳大學中國學術著作獎助委員會獎助出版《呂氏春秋的政治思想》。
八月，擔任總務長並負責規畫屏東技術學院移交屏東師院新校區。
十二月四日，父鍾近奎辭世。

七十八年（1989）　五十一歲　九月，歷年所撰國文教學心得文稿，由台北新學識文教出版中心編印出版《大學國文選精析》。

七十九年（1990）　五十二歲　寒假期間，旅遊紐澳二十天。

八十年（1991）　五十三歲　八月，任實習輔導室主任及屏東市教育會理事長。

八十一年（1992）　五十四歲　六月十五日至二十八日，教育廳辦理八十一年度獎助績優教育人員出國考察，擔任第十九團團長，率全團十七員前往韓國參訪漢城（今首爾）私立利羅學校、濟州島民俗博物館，以及日本大阪市立開平小學、大阪市教育委員會、東京足立區千壽第八小學及足立區教育委員會。

八十二年（1993）　五十五歲　四月，屏東師院舉辦春假旅遊，前往新加坡、印尼觀光。

八月，內子守濤接任主任祕書。本人辭卻實習輔導室主任一職，接受國科會委託，與主任祕書徐守濤共同主持「台灣地區師範學院通識課程國文教材架構設計之研究」，十一月開始執行，八十三年十月三十一日完竣。

八十三年（1994）　五十六歲　一月，同時出版《呂氏春秋故事二百則》及《在風雨中成長》。

十月，慧元出國赴英留學。

十二月，內子守濤執行編輯《屏師校史》初稿完竣。

八十四年（1995）　五十七歲　八月，內子守濤辭去主任祕書乙職，本人接任。

八十五年（1996）　五十八歲　二月，以《台灣地區師範學院通識課程國文教材架構設計之研究》報告附以《呂氏春秋及其政治思想研究》、《大學國文選精析》等參考資料，通過教育部審查，升等為教授。

四月，擔任《六堆客家社會文化發展與變遷之研究》藝文篇召集人，經調查、蒐集、整理、研討、撰寫，於八十九年四月完成。該研究成果總計十五冊，於九十年十一月三十日出版。

九月，參加海峽兩岸小學語文課程教材教法學術研討會，發表論文〈讀書科內容深究策略新探——以種子的力氣為例〉。會後遊覽北京及塞外。內子守濤出席浙江大學主辦海峽兩岸兒童文學研討會。

十月，慧元學成歸來，從事編譯工作。

八十六年（1997）　五十九歲

三月，與屏師四六甲林龍清等同學及眷屬計十七人，組團前往廣東梅州旅遊。在梅蕉道上，意外發現江南戶鍾家祖先故居所在地，方便來日參拜。

四月，舉辦屏師四六級畢業四十周年同學會。

八月，與屏師同學組團暢遊長江三峽、黃山，覽賞大陸名山勝水。在黃山巧遇台師大同學王邦雄。

八十七年（1998）　六十歲

二月二十八日，女兒慧元結婚。

八月一日至十八日，僑務委員會委託屏東師院辦理緬甸地區華文師資研習會，林顯輝副校長任團長，本人任副團長並負責臘戌地區培訓業務。對走過艱苦，寄生異域的華人後裔果敢族，鍾愛祖國文化，重視禮義廉恥，慘淡辦學，留下深刻印象。

十月，德元服完預官役後赴美留學。

八十八年 (1999) 六十一歲 二月，夫婦倆與大姨子守鴻姊旅遊大陸，首次於大陸昆明過春節，在滇池品茶。
十一月，因心律不整引發中風，左手左腳癱瘓。復健之路辛苦、漫長，用左手書畫塗鴉。三個月後左手書寫小楷竟和右手一般，高效果令人驚訝。

八十九年 (2000) 六十二歲 九月，復健休息近十個月後銷假回校上課。

九十年 (2001) 六十三歲 二月八日至十七日，與屏師同學李文雄、潮州國中宋英芳校長遊南非，登好望角，一眼看穿印度洋、大西洋，天高海闊，感慨無限。
三月，與屏東師院同事韓景春、屏師同學林彩榮組團，遊賞桂林山水甲天下。
七月十二日至二十四日，遊英格蘭、愛爾蘭、蘇格蘭，訪名城，賞古蹟，覽勝境，最北抵達愛丁堡，是女兒慧元留學所在地。

九十一年 (2002) 六十四歲 二月四日，前往大陸訪問華中師範大學、武漢大學及湖南師範大學，作為期一星期的學術交流。遊東湖，觀古琴台，登岳陽樓，訪岳麓書院，悼馬王堆。

七月二十四日至八月二十二日，飛加拿大溫哥華參加外甥女姍姍婚禮，再飛美國奧蘭多探望在佛羅里達州立大學專攻光電的兒子。享受此生在國外最久、特殊、溫馨的旅遊。

九十二年　六十五歲
(2003)

二月退休，在屏大母校服務計三十三年半。

八月，退休後首次出國旅遊風情萬千的日本北海道，為期一周。

九十三年　六十六歲
(2004)

四月十二日，應同學邱維河夫婦邀請，與李文雄再遊梅州。從廣東東莞至梅州，來回全程維河兄開車。順利尋獲江南戶鍾氏祠堂，詳閱《鍾氏族譜》，家父母、兄弟、內子姓名，清楚臚列，意外驚喜。

七月十九日，夫婦倆和同學林龍清、許洞碧、林昭學、沈信雄及李文雄夫婦共八人，開兩部車，從屏東出發，沿屏鵝、南迴公路，往台東、花蓮、基隆，在劍潭活動中心與陳義一、劉次雄、李富美（屏師四六丁）會面，召開微型同學會。二十二日，宿屏師四八級李玉戀學妹建在苗栗南庄田美山區的木屋別墅。

八月，內子守濤擔任香港現代教育研究社小學語文教材編輯顧問，前後工作八年。

九十四年（2005） 六十七歲 四月二十日至二十六日，暢遊大陸水鄉澤國，一睹江南風采。

八月，內子守濤退休，於屏東師院服務三十六年。

八月七日至十一日，夫婦倆與同學邱維河、謝福祥夫婦等計九人，由香港搭乘大巴公車前往梅州，再度拜謁白渡江南村鍾家祖祠。

九十五年（2006） 六十八歲 二月，德元完成博士後研究自美返台，任教國立中央大學。

六月八日至二十六日，前往加拿大溫哥華，九日飛多倫多與老友相會，和同學雷時陶作一日遊，遛賭場，喝冰酒，觀尼加拉大瀑布。十九日與妻舅守滬哥，大姨子淵姊相聚，首次搭郵輪從溫哥華漫遊到阿拉斯加，再搭機回溫哥華。

八月二十二日至二十九日，屏師四六甲同學和屏東明正國中退休教師組團，前往大陸九寨溝覽勝，參觀三星堆、都江堰、桃坪羌寨、杜甫草堂、武侯祠、李白故居。

十一月二十日至十二月一日，乘夜間火車由深圳往梅州。乘船夜遊梅江，高歌屏師校歌。由客家大老溫興春率領，屏師四五級與四六級同學多人暢遊江西。

九十六年 六十九歲
(2007)

一月九日，大陸黑龍江省台辦邀請相關單位舉辦農業交流活動，邱維河、李文雄及夫婦倆隨團參加。於最冷的季節、時刻，十日凌晨二時抵達哈爾濱，是時室外溫度負三十度。生平首遊東北賞冰雕，領教天寒地凍獨特的風土人情。

四月，召開屏師四六級畢業五十周年同學會，夜宿墾丁。

八月七日至十九日，內子家人除大姊、么妹外，來自溫哥華、墨爾本、香港、台灣的姊妹，在北京團圓聚會，並遊山西。

九月十日至二十三日，平生第二次乘坐郵輪旅遊，由西班牙巴塞隆納上船，十四天後在義大利威尼斯上岸，又陰差陽錯免費一日遊巴黎。

九十七年 七十歲
(2008)

一月，擔任六堆文教基金會副祕書長兼文宣組召集人。

一月二十三日至二十八日，德元安排夫婦倆到泰國曼谷、普吉島一遊。

九月七日至十八日，與屏師同學林彩榮校長夫婦參加屏東縣公教退休人員聯誼協會所舉辦東歐旅遊活動，首遊東歐五國。

九十九年 七十二歲
(2010)

三月三十日至四月四日，前往泰國清邁地區旅遊。

十月五日至十二日，前往上海參觀世界博覽會及上海大學。

一〇〇年（2011）　七十三歲　二月，與李文雄夫婦及屏師學長鄭鶴森等人由金門、廈門租車前往梅州蕉嶺旅遊。

九月九日至二十日，與同學李文雄、明正國中退休教師組團遊大陸北疆，從烏魯木齊出發，繞準噶爾沙漠、盆地周遭，全程約三千九百公里，走漫漫長路，賞皚皚白雪，登綿綿青山，閱盡特殊風土民情。

一〇一年（2012）　七十四歲　十月，與同學李文雄前往福建三明市，參加世界客屬第二十五屆懇親大會，會後遊寧化石壁客家祖地、觀圍籠屋，領略客家風情；訪漳州、泉州，觀看台灣河洛人的故鄉祖地；遊山、玩水感受「大陸的台灣」風情。

一〇二年（2013）　七十五歲　四月六日，兒子德元結婚。

一〇三年（2014）　七十六歲　暑假期間由兒子德元夫婦安排，包括女兒、女婿、孫子、孫女全家八人前往沖繩旅遊。

一〇四年(2015) 七十七歲 七月，接受六堆客家大老、攝影大師陳焯棋邀請，與劉祿德、曾昭球、鍾永發及黃聰榮等關心客家文化人士，編輯《六堆客影特輯》，並負總校對之責。一年後，編輯完成。

一〇五年(2016) 七十八歲 八月二十八日至九月五日，兒子德元與媳婦規畫，租車暢遊夏威夷，遊大島、茂宜島、歐胡島。坐直升機，瞰活火山口，泡海潮水，弔珍珠港，想像日本發動的齷齪突襲行徑。

一〇六年(2017) 七十九歲 三月二十九日，籌辦屏師四六級畢業六十周年同學會，出版《槐廬散記》贈送同學。

九月四日至十三日，率女兒慧元、外甥女春枝，首遊西伯利亞。從大陸臚濱對岸貝加爾斯克經貝加爾湖抵伊爾庫次克再折回，乘坐火車，全程二千二百四十二公里。最後一日遊西湖。此行欣賞世界最深、水量最大的淡水湖，也瀏覽大陸最美麗、最浪漫的傳奇名湖。

一〇九年(2020) 八十二歲 一月十二日至十八日，夫婦倆前往大陸珠江口伶仃洋邊的珠海與大姨子溶姊、鴻姊夫婦、外甥江姜夫婦相聚，參觀孫中山故居、黃埔軍校舊址、梁啟超故居、林則徐紀念館、江門崖門古戰場。珠海歸來新冠瘟疫爆發，環球告急，全台惶恐，生活作息大為變調。

一一二年（2023）　八十五歲　新冠疫情肆虐三年，目前和疫共存，謹慎過日，努力活著。

國家圖書館出版品預行編目(CIP) 資料

無處不風華 / 鍾吉雄著. -- 台北市：文訊雜誌社, 2023.04
面；　公分. -- (文訊書系；19)
ISBN 978-986-6102-83-7(平裝)

863.55　　　　　　　　112002055

文訊書系19
無處不風華

著　　者　鍾吉雄
總 編 輯　封德屏
特約編輯　杜秀卿
校　　對　鍾吉雄　杜秀卿　吳穎萍
封面設計　翁翁・不倒翁視覺創意
出　　版　文訊雜誌社
地　　址：台北市中正區中山南路11號B2
電　　話：02-23433142　傳真：02-23946103
網　　址：http://www.wenhsun.com.tw
電子信箱：wenhsunmag@gmail.com
郵政劃撥：12106756 文訊雜誌社

印　　刷　百通科技股份有限公司
發　　行　聯合發行股份有限公司
出版日期　2023 年 4 月
定　　價　新台幣 300 元
I S B N　978-986-0102-83-7